1914

1914

J e a n　E c h e n o z

ジャン・エシュノーズ

内藤伸夫――――訳

水声社

フィクションの楽しみ

1

天気がうってつけだったうえに、土曜日で仕事をしなくてよかったから、アンチームは昼食のあと自転車でひと回りしに出掛けた。しようと思ったのは、八月の太陽を満喫し、少し運動をして郊外の空気を吸うことだった。草の上に横になって読書もするだろう。自転車には部厚い、針金で編んだ買物籠にはいらない本が一冊結わえつけてあったから。空回りにして町を出たあと、平坦な十キロ余りをたいして力もいれずにペダルを漕いだが、丘が近づいてくると体を起こして腰を浮かす姿勢をとらなければならなくなった。体を左右に揺らし、自転車のうえで汗をかき始めた。大きな丘ではなかった、そもそもヴァンデ地方の高みは知れている、僅かな盛り上がりに過ぎないが辺りを望めるくらいの隆起はある。

アンチームが高みに着いたとき、急に騒がしい風が起こって、危うく被っていた庇のついた帽子を逃し、自転車を倒すところだった。それは聖職者によって聖職者のために設計された頑丈なエウンテス型で、痛風持ちになった助任司祭から買い取ったのだ。しかし、これほど激しい音を立てる、急な空気の動きは真夏に、ことにこんな太陽のしたでは、この地方ではむしろ稀なことで、アンチームは片足を地に降ろさざるを得なかった。もう片方の足はペダルに載せ、自転車を股のしたで傾けたまま、轟々（ごうごう）という風のなかで帽子を目深に被り直した。それから周りの風景を眺めた。近辺に村々が散在し、畑や牧草地がいくらでもある。また二十キロ西には、見えないけれども、海が息づいてあった。四、五回船に乗ったことがあった、といっても釣りはどうすればよいか分からなかったから、アンチームはその日たいして仲間の役に立たなかった――しかし会計という自分の職業のお陰で、鯖や鱈や鰈を港に戻ってからより分け数えるという常に歓迎される役目を果たすことはできた。

その日は八月の一日だった。アンチームは展望に視線を遊ばせた。彼がひとりでいる丘からは、五、六の集落が見えた。低い家々で鐘楼のしたに寄り集まっているのが、細い道路網で繋がれ、自動車はごく稀で、牛車や車を牽く馬が行き交って収穫した穀物を運んでいた。それは見ていて気持ちのいい景色だったが、時々風のうるさい、本当にこの季節には珍しい闖入によって邪魔された。風はアンチームに帽子の庇をつかんでいることを余儀なくし、音響空間全体を満たした。この運動状態にある空気の他には何も聞こえない。午後の四時だった。

目を何となくこれらの村の一つからもう一つへとさ迷わせていたとき、アンチームには未知の現象が現われた。それぞれの鐘塔の先端で、一度に揃って小さいけれども規則正しい運動が起こった。黒い方形と白い方形が二、三秒ごとに入れ替わる、規則正しい変化が始まったのだ。色の変わるランプのようで、その単調な点滅は工場にある機械の自動弁を連想させた。アンチームは何も分からないまま、刺激を与えるようなこの機械的な拍動を眺めていた。遠くから、それだけの数の見知らぬ人たちから送られてくる目配せのようでもあった。

それから、到来したときと同様手のひらを返したように、風の辺りを包む唸りが止むと、今まで覆われていた音に場所を譲った。それは実のところ、塔の上で揺れ始めた鐘で、音を合わせるようにしてだが無秩序に、沈痛で威嚇するような重々しい音を立てていた。アンチームはまだ若かったから葬式に行ったことも数多くはなく実際に見聞したことは殆どなかったが、直感的に警鐘の響きを認めた。警鐘は稀にしか鳴らさず、そのイメージが音に先んじてアンチームに届いたという訳だった。

時勢からして警鐘は確実に動員を意味した。余り本気にしてはいなかったものの、誰もと同じように多少とも予期していたことだったが、土曜日にそれがあるとは想像しなかった。彼は直ぐには反応せず、一分間近く鐘が荘重にガランガラン鳴るのを聞いていたが、自転車を立て直すと、足をペダルに置いたまま、斜面に沿って下るに任せたあと、自分の家に向った。急な揺れで、アンチームが気づくこともなく、大部な本は自転車から落ち、落下しながら頁を開くと、道端に独りきりになり、「耳アレド聞カズ」と題された章のところで腹這いになった。

町にはいると直ぐに、アンチームは人々が家から出て、数人ずつ寄り集まり、ロワイヤル広場に向って集結するのを見た。男たちは気が立ち、暑気のなかで苛立っているようで、体の向きを変えてお互いに声をかけ、ぎこちなく、自信があるようなまたないような仕草をしていた。アンチームは家に寄って自転車を片付けると、今はすべての大通りを埋めて広場に向う一般の動きに加わった。広場では笑い顔の群集が動いていて、旗や酒瓶を掲げ、手を盛んに動かし、押し合って、馬に牽かれて来た車にはほんの僅かな場所しか空けてやらない。車はもう寄り集まって来た人たちを乗せている。誰もが動員に満足しているようだった。熱した議論、人前を憚らない笑い、国歌やラッパの響き、愛国的な叫びに馬のいななきが重なった。

広場の反対側の、絹織物の店があるクレビヨン通りの角に、高揚すると同時に汗をかいて赤くなっている賑やかな群衆の向こうに、シャルルの姿を認めたアンチームは、遠くから、彼の視線をとらえようとした。が、うまくいかないので、人をかき分けて行こうとする。出来事の片隅で、工場内の事務室にいるときと同じように、背広を着て細い明るい色のネクタイを合わせたシャルルは感情を表わさない視線を新聞に落としていた。いつものようにジラール&ボワテ社の写真機レーヴ・イデアルを首から吊るして。彼のほうに向いながら、アンチームは体を硬くすると同時に緊張を和らげようとしなければならなかった。矛盾しているが、どうしてもシャルルがいるところで自分のうちに兆してくる怖気づいた困惑というものを克服するために必要なプロセスなのだ。相手はアンチームを僅かに正面から見ただけで、視線をアンチームが小指にはめている指輪に移した。

おや、シャルルは言う、新しいね。それに、おまえは右手にしているじゃないか。普通は左手にするものだ。分かっているよ、アンチームは認めた、でも粋がっている訳じゃないんだ、手首が痛むんでね。そうかい、シャルルは哀れんだ、それで握手するとき不都合じゃないかい。握手はあんまりしないよ、アンチームは告げた、でね、言っておくけど、右の手首の痛みのためなんだ、痛みを和らげるんだ。ちょっと重いけど、よく効くんだ。磁気ってやつをもっているんだ。磁気ね、シャルルは繰り返して、微かな笑みを浮かべると、やはり微かな空気を鼻から逃がし、首を振りながら肩を竦め目をそむけた――一瞬のあいだのこれら五つの動きに、アンチームはまた侮辱されたと感じた。

それで、と間を置かずに、プラカードを振っている一グループを親指で指しながら言った、どう思う。避けられないことだったね、シャルルは答え、冷たい目の片方を瞬かせるともう片方をカメラの照準孔に当てた、でもせいぜい二週間で片がつくさ。それは、とアンチームは思い切って反論した。そんなに確かなことだとは思わないよ。まあ、シャルルは言った、その話は明日しよう。

2

そして翌日、皆は兵舎でまた一緒になった。アンチームは朝早く入営したが、行く途中で釣りと茶飲み友達のパディオロー、ボシス、アルスネルたちと合流した。アルスネルは前夜お祭り騒ぎを遅くまでやり過ぎたと声を落として嘆いた——痔と二日酔。パディオローは、華奢な体格をした内気な性格の持ち主で、顔は痩せこけて蝋のように白く、肉屋の下働きとは正反対の容貌を現わしていたが、まさにそれが彼の職業だった。ボシスはといえば、動物解体業者の体つきをしていただけではなく、正真正銘の動物解体業者だった。アルスネルの職業は馬具職人で、これといった外観を予想させる訳ではない。この三人は、いずれにしろ、各人各様に動物に興味を持っていて、今まで沢山見てきたし、これからも沢山見ることになる。

他の早く入営した者たちと同じように、彼らも丈の合った被服の支給を受けたが、昼近くになって遅れて来たシャルルは、相変わらず高慢で我関せずというふうだったが、体に合わない服を貰うはめになった。けれども、侮蔑的な口調で文句を言い、工場の副部長の肩書きを盾にごねるから、他の者たち――即ちボシス及びパディオロー――から接収することになった外套と赤ズボンは、憮然とした冷ややかな表情にもかかわらずこの地元の名士に似合いそうだ。パディオローは、それにより、だぶだぶの外套のなかで泳ぐことになり、ボシスは、彼に残された人生のあいだに、このズボンに適応することは決してできないのだ。

中背で、普通の顔をした、滅多に笑わない、彼の年代の殆どの男たちのように口髭を横に生やし、二十三歳、新しい制服を彼の平服と同じように無粋に着たアンチームは、シャルルに話しに行こうと思った。こちらは二十七歳、同じように無表情で口髭を生やしているが、もっと生彩があり、もっと背が高く、もっとしなやかで、静かで冷たい視線を人々に向け、何にもまして人との接触を避けることに気を遣うようで、位のしたの者には目もくれない。中でも恐らくアンチームには。だからアンチームは近寄らないで、友達のところに行くことにした。結局ズボンに悪態をついているボシスをなだめるはめになるとしてもだ。それでも一度シャルルのほうを振り向いて見ると、彼はケースから抜き取った葉巻をポケットに戻し、考え直すと、もう一本抜き取り近くにいる士官のひとりにこっそり勧めるのが見えた。それから、数カ月前から手近なものを何でも撮っているように、その士官を写真に撮るのが見えた。最近は上手になってきたから、素人の写真を掲載する『ル・ミロワール』や『リリュストラシオン』といった雑誌に何枚かの写真が採用されることもあった。

続く数日、兵営ではすべてがかなりの速さで進行した。最後の予備役兵たちが到着したあと、国土防衛兵たちを受け入れた。三十四歳から四十九歳の年かさの者たちで、直ぐに一杯振舞うように命じられた。実のところ、月曜日から木曜日までこうした振舞い酒が次から次へと続いたから、宵もふけると、しゃきりとしている者はひとりもいなくなった。それから、隊を編成する段になって物事は真剣な様相を帯びてきた。アンチームは第十中隊の第十一分隊に配属された。第十中隊は順に、第九十三歩兵連隊、第四十二旅団、第二十一師団、第十一軍団、第五軍に属する。兵籍番号四二二一。弾薬は非常食糧とともに配られたが、この日の晩、皆またかなり飲んだ。翌日になって自分たちは兵士であると感じ始めた。朝、連隊は最初の行軍のあと、演習場で大佐の閲兵をうけ、午後汽車を待つあいだ街で行進した。

それはどちらかと言えば陽気な行進だった。皆制服を着て体を伸ばし、真っ直ぐ前を見るよう努めた。第九十三隊が通る街のメインストリート、それから他の大通りに沿って住民たちは鈴なりになり、惜しみなく拍手したり花を投げ入れたり励ましの言葉を贈ったりした。シャルルは当然なことに要領よく行進の第一列に陣取り、アンチームは隊のなかほどで、着心地の悪い服を着たボシス、相変わらず尻の具合を嘆くアルスネル、母親に外套の肩を取り袖を短くしてもらうのに間に合ったパディオローに囲まれていた。仲間と小声で軽口をたたきながら、とはいっても歩幅を誇らしげに測りながら行進しているとき、アンチームはメインストリートの左側にブランシュを見たように思った。最初人違いだと考えたが、いや、彼女だ、ブランシュ。祝日のように着飾って、軽いピンク色のスカートに、季節に合ったモーヴ色のコルセット。日を遮るために、彼女は体のうえに大きな黒い傘を広げていたが、真新しい、こめかみを圧迫する帽子のしたでは汗が次から次へと出て、指示に従って締め上げられた背嚢は、この初日、まだ鎖骨に余り重く感じられなかった。

予期したとおり、アンチームはブランシュがシャルルにその制服姿に満足した笑い顔を向けるのを見た。それから彼が彼女のいるところに差しかかると、今度は思いがけないことに彼が彼女から別の種類の笑みを受けた、もっと真剣な、気のせいかもう少し感情のこもった、あるいは思いの深い、あるいは溢れるところのある笑顔とさえ言えるかどうか。彼は、シャルルが彼女の笑い顔にどう応えたのか、見なかったし、どうせ背後からだから見ようともしなかったが、彼、アンチームは唯(ただ)一瞥を返した。できるだけ短いと同時にできるだけ長い一瞥に、できるだけ気持ちを表わさないと同時にできるだけ多くをほのめかすよう努めたが、新たなそして今度は二重に矛盾する演技は、そのあいだ歩調も崩してはいけないから、たやすいことではない。それからブランシュのまえを通り過ぎてしまうと、アンチームはもう他の人たちを見ないことにした。

次の日の朝早く、ブランシュはまた、小旗を振る群集に交じってホームにいた。男の子たちが白墨で機関車の横腹に「ベルリン行」と書き、四、五の金管楽器が国歌を曲がりなりにも吹奏していた。帽子、スカーフ、花束、ハンカチーフが振り回され、食糧の入った籠が列車の窓から差し入れされ、子供や年寄りを腕に抱き、カップルが抱擁し合い、涙が昇降口のステップを濡らした。それは、今日パリで東駅(エスト)のアルザス・ホールにあるアルバート・ハーターの大きなフレスコ風の絵に見られるとおりだ。

だが、全体的な印象としては皆笑顔だった。なぜなら、すべては短いということは明らかだったから。直ぐに戻ってくる筈だ——と、アンチームは遠くから、ブランシュを抱きかかえているシャルルの肩越しに、彼女が例の視線をまた自分のうえに落とすのを見た。それから列車に乗り込まなければならなかったが、彼が自転車で一回りしに行ったときから丁度一週間が経っていた。土曜日の朝六時にナントを発って、アンチームは月曜日アルデンヌ県に午後遅く着いた。

3

日曜日の朝、ブランシュは二階にある自分の部屋で目を覚ました。構えの大きな、公証人とか代議士、上級官吏や工場経営者が所有しているような邸宅だ。ボルン家はボルン゠セーズ工場の経営者で、ブランシュはそのひとり娘だ。

この部屋は、静かで片付いているにもかかわらず、奇妙に不調和な雰囲気が漂っている。僅かだがずれている花模様の壁紙のうえに地方の風景が額に入れられていて

――ロワール河の平底舟やノワルムーティエの漁師の生活――、家具は樹林園のように多様な樹木収集の努力の跡を示している。胡桃の木で作った鏡のついた箪笥、樫の机、マホガニーの用箪笥、果樹材の床、寝台は桜で、大箪笥はピッチ・パインだ。奇妙な雰囲気なのだが、それが――本来は壁に織物を丁寧に張ってある筈のブルジョアの家にしては意外なことに――色の褪せ、花模様の花も萎(しお)れて見える壁紙の継ぎしろがずれているせいなのか、この変化に富んだ調度品の木材のせいなのか分からない。そもそもこんなに違った材質同士が調和できるのか、考えてみる。そして直ぐに感じることは、全く調和しないということで、寧ろ反発し合うようだ。そこから多分この雰囲気、これが来ているに違いない。

　ブランシュが起きるのを、これらの家具は自分たちの役割を果たすべく、辛抱強く待っている。枕元のテーブル――ぶな材――にはランプのしたに本が何冊か載っているが、その中のマルク・エルデール作『海の人々』をブランシュが時々拾い読みするのは、この作品が前年マルセル・プルーストに対抗してあっぱれゴンクール賞を獲得したからというよりも、著者が本名をマルセル・タンドロンという親戚のひとりで、作品が地方における日曜日の遠出を描いているからだ。ノワルムーティエの漁師たちやトラントムーに係留されている平底舟を見に行く話だが、この辺りは河口漁で、めそや鰻や八目鰻が獲れる。

ベッドから抜け出たブランシュは身繕いをするまえに着るものを選び、箪笥から上麻のブラウスを、大箪笥からグレイの毛織のツーピースを、下着とストッキングは用箪笥の引出しから取り出した。用箪笥のうえには香水瓶が二つ出しっ放しになっている。靴は踵の高さの異なる二足のあいだで迷ったが、帽子は迷うことなく黒いビロードが巻いてある麦藁帽だ。小一時間の浴室のあと、洗われて服を身に着けた彼女は、箪笥の鏡に姿を映し効果を確かめると、髪の毛を一筋伸ばし、服の折返しを整えた。部屋を出るとき、机のまえを通ったが、机はこの朝何の役も果たさない。それはいつものことで、シャルルとアンチームが日頃から別々にブランシュに送ってくる手紙をしまっておくことにしか役立たない。手紙の束は反対色のリボンに束ねられて、異なった引出しの中に眠っている。

　こうして準備のできたブランシュは、静かに階段を下りた。一階では玄関に向って入口のホールを通り、L字型を描いてダイニングルームを避けた。そこでは、パンナイフが厚皮を切るズーズーする音、小匙が代用コーヒーをかき回すときに立てる音がして、両親が朝食を済ますところだ。ウジェーヌ・ボルンとマリヴォンヌ・ボルンのあいだの話し声は殆ど聞こえない。工場長の不機嫌にものをのみ下す音、工場長夫人の悲しげにつくため息。玄関で、ブランシュは防水布を張ってある籐の傘立てから、市松模様をプリントした更紗(さらさ)の日傘を抜き出した。

　外に出ると、庭の出口へ向った。中央の通路には白い小石が丁寧に敷き詰めてあるが、植込みや池や観葉植物に沿って分かれ小径になる。くたびれた椰子の木が一本、酷なほど長いあいだこの気候に耐えている。彼女は矢張り、といってもそれほど注意をしなかったが、庭師の人影を避けた。足を引き、背の曲がって、椰子の木と同じように耳の聞こえない彼は、花壇に水を撒いている。彼女は鋳鉄でできた開き戸まで小石の軋む音を抑えるようにしただけだ。

外は、日曜日の騒音。すべては平日よりも静かだ。いつもの日曜日と同じようだが、それだけではない、いつもと同じ静けさではない、ここ数日の歓声、楽隊の音楽や拍手の余韻が残っているかのようだ。この朝早く、市に残っている一番年配の職員が萎れた花束、皺くちゃになった花飾り、横断幕の切れ端、濡れて乾いたハンカチを片付け路面に放水した。遺失物置き場には忘れられた携帯品が集まった。杖一本、破れたスカーフ二枚、凹んだ帽子が三つ、愛国的熱狂のなかで宙に放り投げられ、本来の持ち主が分からなくなってしまった。彼らが名乗り出るのを待つ。

もっと落ち着いているということもある。人が少ないからだ。ことに若者たちが通りにいなくなった——いるのは年少者で、一様にこの紛争は直ぐに終わると信じているから、いっこうに気にしないし、心配することなど思ってもみない。ブランシュが擦れ違った同じ年頃の男の子たち数人は、一見したところ調子が悪く、今のところ兵役免除になった——それは仮のことに過ぎないのかもしれなかったが、彼らは何も知らない。例えば近眼の者たちは、当座免除されて眼鏡に保護されていたが、その内に眼鏡をかけたまま、できることなら、予備の一丁を携えて東方への列車に乗ることになり得るなどとは一瞬なりとも考えなかった。耳の遠い者、神経の過敏な者、偏平足も類似する。具合が悪い振りをしている者や後ろ楯があって免除の扱いになり、振りをする必要のない者は、取り敢えず外に出ないようにしている。酒場は閑散として、ギャルソンたちは消えてしまったから、主人が出て来て敷居やテラスを箒で掃く。男たちの吸い取られた町は、このようにして拡がりが増したようだ。女たちを別にして、ブランシュは年寄りと子供にしか行き会わない。大きすぎる服を着た彼らの足音は空ろに響く。

4

列車のなかも快適さを別にすれば、むしろ悪くなかった。床に坐って食糧を平らげ、ありとあらゆる歌を歌い、ギヨーム〔ウィルヘルム二世〕を罵倒し、相変わらず飲みに飲んだ。編成車両の止まった二十ばかりの駅では降りて町を見に行くことは許可されなかったが、窓ガラスくらいは下げ、余りにも暑い――暑さは八月の暑さか機関車の暑さかよく分からなかったが、多分両方が相乗しているのだろう――、殆ど固体のような、煤が黒点を打っている空気のはいってきた窓から、飛行機が何機か見えた。飛行中のは完璧に滑らかな空を横切り、追いかけ合ったり交差したりするが、何を目的にしているのか想像しようもない。別のは、線路に沿った接収地にばらばらに停止して、革の帽子を被った男たちが取り囲んでいた。

話には聞いて、新聞で写真を見たことはあったが、誰もこれらの飛行機を本当に見たことはなかった。多分例外はシャルルで、彼は何事にも通じていて、そのなかに――というよりは、まだ胴体がないから、そのうえに――乗ったことさえあった。そのシャルルをアンチームは目で捜したが、車内には見当たらなかった。それから風景は魅力に欠乏するものだったから、彼は目を逸らし時を潰す方策を案じた。カードゲームがこんな際にはよさそうだ、ボシスとパディオローを誘って――アルスネルはまだ後部が痛むから仲間に加われない――アンチームはマニーユをするために水筒のぶら下がっているしたに場所をつくった。じきに空になる水筒は鉤にかかっている皮紐の先で揺れる。

そして、マニーユを三人でするのは自然でないから、パディオローは眠ってしまい、ボシスもこっくりし始めたから、アンチームはゲームを止めて、近くの車両の様子を見に行くことにした。何となくシャルルを捜してみるが、本当に会いたい訳ではない。きっと何処かで独りで、同輩たちを蔑む態度をして、それでも彼らの真んなかにいるのだろう。ところがそうじゃない。座席のある車両に腰を降ろしたアンチームは、窓際に坐っている彼を見つけた。風景を写真に撮ったり、一緒にいる下士官たちのポートレートを撮ったりしてあとで写真を送るため住所を尋ねている。アンチームは遠ざかった。

アルデンヌ県で列車から降りると、この新しい景色になじむ間もなく——この最初の駐屯地のある村の名前も、どのくらいここにいることになるかも分からなかったが——伍長らは部下を整列させ、大尉が広場で十字架のしたで訓示した。くたびれていて、もう小声で冗談を言い合う元気もなかったが、それでも、気をつけをしてこの訓示を聴いた。訓示のあいだ今まで見たこともない種類の樹木を見ていたが、止まっていた数羽の鳥が声合わせを始め一日の終わりを告げようとしていた。

　この、ヴェシエールという名の大尉は、片眼鏡をかけたひ弱そうな青年で、奇妙に赤い顔をして、声が優しく、アンチームは一度も見たことがなかったが、その体つきからは、戦闘的な天分が何をきっかけにどのように彼のうちに芽生え育ったのか知るべくもなかった。諸君は帰還することになるのだ、なかんずくヴェシエール大尉は約束するのに、ありたけの力を集めて声を上げた。そうだ、われわれは皆ヴァンデに帰る。しかし、大切な点がひとつある。もし戦争で死ぬ者がいるとしたら、それは衛生に配慮しないからだ。というのは、弾丸に殺されるのではなく不衛生が致命的なのであり、これを諸君はまず制圧しなければならない。よって、体を洗うこと、ひげをそること、髪をとかすこと、そうすれば何も恐れることはない。

　演説が終わると、隊は列を崩し、人の動きのなかでアンチームは偶然にもシャルルと、設置し始めた野営の賄いの近くで隣合った。シャルルは列車のなかやいつものときと同じように、戦争や工場のことについて話をしたくはなかったが、工場のことについては、いつもしているように小脇に抱えている封筒を口実に廊下のひとつに逃げ出してしまうこともできなかったから、アンチームの心配に応えざるを得なくなった。それに同じような服装をしている、それはいつでも会話を容易にする。工場は、とアンチームは心配した、どうしよう。俺のところは、プロシャソンさんが全部やってくれる、とシャルルは説明した、案件は彼女が把握している。おまえだって同じだ、会計にはフランソワーズがいる。帰ったときには前と同じようにきちんとなっているさ。いつになることやら、とアンチームは自問した。速く片付くさ、とシャルルはまた断言した。九月の注文のときには帰っているよ。それは、とアンチームは言った、そのうち分かるさ。

野営地では、この地方の食糧事情を聴取するあいだ少し手間取った。早々苦情がでたことには、ここには食べるものがない、ビールも、マッチさえない、そしてワインは、地元の業者が売るが、彼らは直ぐにことの成行きから得られる利益に目をつけたから、値段は法外だ。遠くを汽車が走るのが聞こえる。そして、賄いのほうは、設備が整わない限り何も期待できない。当初の食糧はもう何も残っていなかったから、コーンビーフを冷たいままで皆で分け、濁った水を飲んで、横になりに行った。

5

建物の建ち並ぶ大通りや古い邸宅の寄り合う広場を離れ、ブランシュは町の中心部から遠ざかった。彼女が歩き始めた通りはもっと平らで周囲に開けて、建造物は様式もはっきりせず、殆ど二つとして同じものはなく、ともかく統一を欠いていた。多種にわたる、というか、様式のない家々がゆったりと、通りから奥にはいったところに大なり小なり庭に囲まれていた。道を辿りながら、ブランシュはシャルルの住居とアンチームの住居のまえを通ったが、どちらも同じように住人がいない。

シャルルの居所。飾り模様を施してある柵が隠しているので、手をかけた庭、緑豊かで世話の行き届いた芝生と花々は想像されるだけだが、柵の向うに一本の通り道が石畳のテラスまで伸び、柱を両脇に従える二重扉には、多色のステンドグラスが嵌っていて、石段を三段のぼって辿り着く。外の通りからは、建物の正面は少し離れて見える、黄色と青色の御影石造りで、細く、高く、あちこち施錠されているのはその持ち主に似ている。四階建てで、二階にはバルコニーがついている。

アンチームのは、もっと低く、ずんぐりして——全くのところ一軒の家も、一匹の犬と同じように主（あるじ）に相似するかのようだ——二階しかなく、直ぐ近くに漆喰塗りの正面の壁が見えた。板がなんとか合わさって白いペンキが鱗状になっている門の扉は、少し開いたままで、人目を妨げず、家のまえには短く、境界の定かでない雑草地帯が菜園の試みに縁取られてあった。アンチームの家に入るには、それからセメントの敷石のうえを歩かなければならないが、ひびが走っているほかには、一匹の犬がくっきりと残した足跡に飾られているだけだった——動物も多分、短足でずんぐりしていたのだろう——遠い昔セメントを流し込んだ日に刻まれたのだ。亡き動物の唯一の思い出として指の跡が残り、その窪みに溜まった土埃——有機物の滓——から、他の丈の短い雑草が生えようとしていた。

この二軒の家にブランシュはすばやい視線を二度くれただけで、工場に向って道を進んだ。工場は暗色の煉瓦でできた大陸塊で城砦のように蹲(うずくま)っているが、おずおず廻る小さな通りによって地域から遮断されていた。堀が城を締めるように。大きな正門は、通常は開け放しになっていて、定刻に大量の新鮮な労働力を吸収し、それが息も絶え絶えになると吐き出すのだったが、この日曜日は貨幣庫のように閉ざされていた。円形の破風がそのうえにあって、大時計の針が回り、ボルン＝セーズという名が深く浮彫りされていた。下のほう、扉のうえに一枚の板がぶら下がっていて、二つの字が読みとれた。求人。この工場では靴を作っているのだ。

あらゆる種類の靴。紳士用・婦人用・子供用の短靴、長靴、半長靴、そして深靴、ダービーとオックスフォード、サンダルとモカシン、上履きとスリッパ、ヘップサンダル、矯正・保護用モデル、近年発明されたオーバーシューズに至るまで。ゴディヨ靴も忘れてはいけないが、これは創案者の名前に由来する。氏は、数ある発見のなかでも、右足と左足の違いを見つけた。ボルン＝セーズには末端のためなら何でもある。編上げ靴からパンプス、木底靴からハイヒールまで。

　ブランシュは自分のヒールを軸にして工場の角を曲がり、工場の付属施設の一部であるような、同じ煉瓦でできた一戸建ての家に向った。モンテイユ博士と標(しる)した銅版のうえに、扉を叩く槌が付いている。彼女が叩くと、医者が現われた。かなり大柄、猫背、赤ら顔で、グレイの服を着、五十歳を超えていた――国土防衛兵の制限年齢の丁度うえだった――から動員をぎりぎりのところで免れた。ボルン家の人たちの世話をして長いことになるが、ウジェーヌから工場――工員の採用と配置、応急手当、診察、時に応じて産業衛生に関する助言――を担当してもらえないかと頼まれ、とる患者の数を減らした。それでもボルン家と地方の由緒ある三家の掛かりつけの医者であることは辞めなかったし、他方市議会に議席を有し、顔が広かった。知り合いはあちこちパリにまで及んだ。小児病のときからブランシュは知っていて、彼に相談しに行くにも気が置けなかった。用件は二件あって開業医に関することと、公人に関することだった。

公人に彼女はシャルルのことを話した。他の者たちと国境のほうに出発したけれど、正確なところ何処かは分からない。彼女は口利きを頼み、歩兵隊以外への配属の希望を口にした。モンテイユはもう少し詳しく言うように求めた。そういえば、とブランシュは思い出した、シャルルは工場に時間をとられているけれど、飛行機や写真にも興味をもっているわ。多分、とモンテイユは言った、そちらで何か探られるかもしれないね。飛行基地隊、といったかな。考えてみよう。役所に誰かいた筈だ。追って知らせよう。

それから彼女は医者に自分の件を話し、服を着たまま体を見せ、診察は早く進んだ。触診、質問が二つ、診断。疑いの余地はないですな、とモンテイユは宣言した、そうです。で、いつになるのでしょう、ブランシュは尋ねた。来年の初め、とモンテイユは推定した、見たところでは一月の終わり頃でしょう。ブランシュは何も言わなかった、彼女は窓を見たが、窓枠のうちには何もはいってこない、小鳥一羽も何も、それからお腹のうえに置いた両手を見た。それでもちろんよろしいでしょうな、とモンテイユは沈黙を打ち切るように推測した。まだ分かりません、ブランシュは言った。そうでなければ、と医者の声は低くなった、方法はいつでもあるからね。知っています、とブランシュは言った、リュフィエがいます。ああ、とモンテイユは言った、といっても先日までのことだ、皆と一緒に行ってしまったからな、でも二週間の話さ、直ぐ片付くよ。そうでなければ彼の細君が面倒を見られる。新たな沈黙があってから、いいえ、とブランシュは言った、これでいいんです。

6

半月の話と、シャルルは三カ月前、八月の太陽のもとで予測した。そのあとモンテイユもそう言ったし、そのとき多くの者がそう信じた。但、半月経っても、一月経っても、さらに日が過ぎ、雨が降り始め、日が段々短く寒くなっても、ことは予期したようには運ばなかった。

確かにアルデンヌ県に到着した翌日、すべてが意地悪い様相を示した訳ではなかった。ヴァンデより少し涼しいことに不満は言えなかった、空気は澄んで凛として、気分は悪くなかった。午前中に武器、背嚢、所持品の検査を受けたが、兵隊なのだから、これはまあ当然だ、こんな風に殆ど兵隊ごっこをしているようなものだ。シャルルはいつもアンチームと少し——その反対は益々——距離を置いたが、二人はそれでもボシスの冗談に一緒に笑いを誘われたし、閲兵の最中にひとりの残酷な少尉がパディオローの武器の捧げ方を馬鹿にしたときには、慈悲心もなく声を立てて笑った。それから、皆、字を書けない者を除いて、葉書を何枚か、奇跡的に見つかった食前酒——ビルシトロンをセルツの炭酸水がないから普通の水で割ったもの——のせいで、あることないこと混ぜて書いた。そして、昼飯はまあまあで、そのあと昼寝もして、午後遅くなってプラムを買いに果樹園に行った。

翌々日から物事ははっきりした。三週間のあいだ行軍を中断することは殆どなかった。殆ど毎朝四時に出発し、道路の土埃はすぐ乾き、時々は畑を横切ったが、一刻たりと立ち止まることはできなかった。四、五日経って暑さが戻ってくると、行程の後半は半時間おきに小休止をとらせたが、間もなく兵士たちはしょっちゅう倒れるようになった。特に予備役兵が多かったが、パディオローは自分の番が来るのを待たずに倒れるようだった。そして行程の終わりでは誰もが疲れ切っていて炊事をしたくなかったから、いつもコーンビーフの缶詰を開けたが、合わせる飲み物はたいしたものがなかった。

実際、直ぐにも分ったことだが、この地方ではワインを手に入れる手立てがなかった。他の飲み物にしても同じだったが、ときたまの例外は粗製のアルコールで、通過する村々の蒸留業者によって今では五倍の値段で売られている――これらの地元業者は喉の渇いた軍隊がもたらす、これとない機会を貪欲に利用するのだ。それは長くは続かない、参謀本部は酒を十分に与えられた兵士たちの持つ利点――酔いが恐怖心を和らげる――を見抜いたからだが、それは未だ先の話だ。それまでのあいだ、益々頻繁に飛行機が空を行き交うのを見るようになった。気を紛らわすことで、それから暑気は過ぎた。

村々では、悪徳商人——煙草や乾燥ソーセージやジャムも売った——は別としても、そして道に沿った畑の縁でも、土地の女たちが小さな集まりをなして兵士たちに歓声を送った。計算からではなく彼らに花や果物やパンやワインが贈られることも稀ではなかった。村の住民たちがとって置いたものだったが、彼らは敵が現われるのを見たことが時々あったし、砲撃を受けないために沢山の金をくれてやらなければならないこともあった。歩きながら男たちは沿道に寄り集った女たちを眺めた。時には若いのや綺麗なのが見えた。中のひとり、エコルダルの近くだったが、綺麗でも若くもないひとりが、宗教メダルを投げて寄越した。

ある村は住民に見捨てられ、時には崩れ落ちたり、身代金を払わなかったためか強奪されたり焼かれたりしたが、そういう村を通ることも段々多くなった。空家の地下室は多くの場合略奪されて、見つかるのはせいぜいヴィシー水くらいだった。ひと気のない通りにはいろいろな物が朽ちるままになって散乱していた。地面に、拾う人も余りいない、つかの間の中隊が残していった未使用の弾丸やまちまちな布切れや把手のない鍋、空の小瓶、出生証書一通、病んだ犬、クローバーの10、たち割られた鋤が見つかった。

また噂が、特にスパイ行為に関して広まったとき、物事はもう少しはっきりするようだった。某地区では裏切り者の教師が橋を爆破しようとしているところを見つかった。サン＝カンタン方面でこうしたスパイが二人木に縛られているのを見た者がいた。一晩中カンテラで情報を敵に流したかどだが、近づくと連隊長が拳銃で至近距離から殺した。ある晩、半月の行軍のあと、飯盒を目立たなくするため、黒くするよう命令が下ったことがあった。アンチームはどうすればよいかよく分からなかったから、他の者がどうやっているかを見た。各人各様。それから彼は土と靴墨を混ぜたもので何とかごまかした。そう、ことははっきりしてきたのだ。

これも遠征が始まって二週間して気がつくことになったが、アンチームはシャルルを全然見かけない。叱られることを覚悟で、二日のあいだ行軍中、せめて彼の姿を見られないかと、隊列を上ったり下ったりしたが、疲労が募った他に収穫はなかった。

そこでアンチームは思い切って照会してみたが、最初、口を閉ざし相手を見下す士官たちにぶつかったあと、ある夕方、ひとりの分かりのいい伍長がシャルルは転属になったと教えてくれた。どこにかは、分からない。軍事機密。アンチームは殆ど反応を示さなかった。余りにも疲れて眠たかったから。

夕方といえば、停止したあと休むまでが一仕事だった。村々に場所は足りないから、隊の半分はたいがい野宿せざるを得なかったが、無人の村の場合最も幸運な者は、住人の逃げた家々に宿営した。家具がまだいくつか残っていることもあったし、稀にはシーツ類はないものの寝台さえあった。しかし、もっと普通は、間に合わせの寝床で、カラス麦やテンサイ畑、人家の庭、林のなか、集めた小枝の雨避けや天の恵みの干草の陰、あるときは放棄された砂糖工場だった。どこに辿り着いても、快適さは求めようもなかったが、直ぐに眠りに落ちた。

暗くなるまえ、疲れてはいても、お決まりの作業をこなす。うんざりする洗濯、靴の点検、足の点検。ある者は、気分を変えたり発散させたりするために、カードゲーム、ドミノ、チェッカーや馬跳びをしたり、高飛びや南京袋競争を催したりもした。アルスネルは大人しく自分の名前を、アンチームは日付をつけてイニシャルだけを、ナイフの切先で木や道端の十字架に刻んだ。それから、食べ、寝、ラッパの音とともに出発した。背負っている背嚢は、銃を縛りつけ、雑嚢と水筒を襷がけに提げ、弾薬盒を腰ひもにつけて。背負っている背嚢は、一八九三年ダイヤのエースモデル、その基本構造は木枠を厚地布の覆いで包んだもので、深緑と黄褐色の取り合わせだった。背には二本の皮紐で固定され、紐は中央にある真鍮の留め金で調節できるようになっている。

背嚢は初め、空で六百グラムの重さしかなかった。しかし、規定支給品の最初のものをきっちり収納すると直ぐに重くなった。食糧食器類――薄荷酒の瓶、代用コーヒー、砂糖・チョコレートのはいった箱や袋、ブリキ缶や錫メッキしたナイフ・フォーク類、鉄版から打ち延ばしたコップ、缶切りと小刀――、衣類――長短の下穿き、綿のハンカチ、フランネルのシャツ、ズボン吊り、巻脚絆――、修理・清掃道具――衣類用・靴用・兵器用各種ブラシ、グリース・靴墨・替えボタン・替え靴紐のはいっている各種の函、裁縫用具一式、先の丸い鋏——、身繕い・衛生道具——個人用包帯、綿、手拭い、鏡、石鹸、髭剃り刀とその砥ぎ道具、髭剃りブラシ、歯ブラシ、くし——及び個人用携帯品——たばこと巻紙、マッチ、ライター、懐中電灯、洋銀とアルミニウム製の認識票ブレスレット、兵士の祈祷書、軍隊手帳。

背嚢一つにはこれだけでも沢山にみえるが、さらに紐を使ってそのうえにいろいろな付属品を積み重ねて縛りつけることを妨げなかった。まず天辺には、ポール、ペグ、張り綱をなかに入れたテント幕に重ねた毛布のうえに個人用の食器が——頭に当たらないように傾け——鎮座していた。後ろには、ビバークのスープ用の薪の小さな束が載った鍋を固定する帯紐が食器のところまで伸び、側面にぶら下がっているのは、皮袋にはいった一、二の土工用具——斧、大鋏、鉈、鋸、スコップ、鶴嘴、鶴嘴兼鍬のなかから選んで——と布製の輸送用入れ物にはいった水袋とカンテラだった。この構築物全体は、乾燥時で三十五キロ近くに達した。雨が降り出すまえは、という訳だ。

7

この蚊は、午後一時に、夏の終わりの正常に青い大気のなか、マルヌ県に現われた。この虫に向って推進してみよう。接近するにつれて、少しずつ大きくなり、最後に小さな飛行機に姿を変える。複葉二人乗りファーマンF37型機で、機上の二人の男は操縦士と偵察員、骨組だけの座席に前後して座り、二枚の簡単な風除けは僅かな役にしか立たない。飛行の生む風に打たれ、のちに登場する閉じたコックピットに保護されることもないから、彼らは、紛争初期の景色を満喫することのできる狭い展望台に居座ったかのようだ。行軍するトラックと兵士たちの列、演習場、野営地。

地表では、這いずったり音を立てたり、飛行機の下方にいる兵隊は汗をかいて、極端に暑い――秋への移り変わりが始まるまえの、八月半ばの酷暑も終わりに近づいた一日だ。しかし空の高いところでは、気温は涼しいだろうから、それなりの格好をした。

革ヘルメットのしたには保護用の大きな眼鏡をかけ、二人とも同じように着ている、ゴムを上引きした黒地のつなぎの裏は兎皮で、山羊皮で補強してあり、上着とズボンは革製、手袋と履き物には詰め物がはいっていて、二人の男は瓜二つだ。体の部分としては、頬、顎、口しか見えないからなおさらだ。口で話そうとするが、叫び声しかやり取りできない、それもきちんと言葉にならず、エンジンの八十馬力にかき消され、殆ど聞き取れない、言葉は冷たい空気に遮られてしまうのだ。彼らは同じ型から鋳造された、溶接の継ぎ目の殆ど見えない人形、同一の鉛の兵隊といったところだ。シャルル・セーズという名の偵察員の首に巻かれた栗色のマフラーを除いて。操縦士はアルフレッド・ノブレスと名乗る。

彼らは武装していない、複葉機に搭載できる六十キロの爆弾は少なくとも今のところ載っていないし、機上の小機関銃は使える状態にない。機体に据え付けられてはいるが、設定は未だに満足な結果をだしていない――操縦しながら、照準を合わせたり、装填したりするのは難しいし、プロペラのあいだから発砲するための同期システムは完成していないからだ。

どのみち、彼らは怖くない。この任務は新しく、僅かな訓練を受けただけだったが、唯、偵察という使命を与えられていたから。ノブレスは機械を操縦し、すばやい視線を高度計、コンパス、速度計、傾斜計にやる、シャルル・セーズは膝のうえに、参謀本部用地図を広げたままにするから、茶色のマフラーは首に重くぶら下がった双眼鏡と航空写真機の釣り紐に絡まったままだ。景色を見、唯、偵察という指示だけを受けて飛行する。

空中戦、爆弾投下、敵地飛行禁止、飛行船および繋留気球に対する攻撃は後になって、物事が間もなく、どうしようもなく深刻化するに至ってからの話だ。目下は調査でしかない。写真撮影、隊の動きの記録、将来のための銃の調整、戦線の予備調査、飛行場・ツェッペリン格納庫・付属施設（倉庫、車庫、指令小屋、宿泊所、食堂）を敷設するための下見。

そういう訳で、目をしっかり開いて飛んでいると、もう一匹の蚊がファーマンの遠く左後方に現われた。新たな虫は殆ど肉眼には見えないから、セーズもノブレスも最初気がつかないが、こちらも大きくなるにつれ、はっきりしてくる。機の構造は厚地の布で覆われ、翼と着陸車輪はマルタ十字で飾られ、胴体はジュラルミン張り、それは二人乗りアヴィアティックだが、ファーマンに向って来るその進路は何を企図しているか疑いの余地を殆ど残さない。それを裏づけるように、更に接近すると、シャルル・セーズは歩兵銃が操縦席から突き出され紛いもなく自分たちのほうに向けられているのを見たから、彼はすぐさまノブレスの注意を惹いた。

戦争が始まって数週間、飛行機は新しい輸送手段で、軍事目的に使われたことはない。ホッチキス機関銃はファーマンにも据え付けられていたが、試験的にであって弾丸なしだから、休止状態だ。機上における連発式兵器の使用がまだ当局によって許可されていなかったのは、その重量あるいは不確実な機能性によるというよりも、敵に智慧を与えて同じように装備されるのを恐れたからだ。それが変わるまでのあいだ、用心のため、上官にははっきりと言わないで、乗組員たちは鉄砲や短銃を持ち込んでいた。この歩兵銃を見て、ノブレスが敵の照準から逃れるためにファーマンをジグザグ飛行させ始めるあいだ、シャルルはつなぎのポケットを探ってサベージ拳銃を取り出す。特別航空用に改造してあって、空薬莢がプロペラのほうに跳ねないよう保護網がかかっている。

続く数分間、アヴィアティックとファーマンは重なり、すれ違い、離れ、また殆ど接触するくらい近づくが、そのあいだ相手から目を離さず、曲技飛行の主な種目――宙返り、横転、錐もみ、ハンプティバンプ、インメルマンターン――となるものの原型を描き、フェイントをかけると同時に射撃で優位に立てるよう最良の角度を探す。シャルルが座席に蹲って両手でピストルをしっかり構えるあいだ、敵の偵察員は反対に、銃筒の向きを絶えず変えてくる。ノブレスが急に機を空に向けて上昇させると、アヴィアティックは後を追いそのしたにはいってから、急上昇しながら旋回し、それによって、ファーマンを眼前に捉える。シャルルは操縦士の陰になって、動きが取れない。そのとき唯一発が歩兵銃から放たれる。弾丸は十二メートルの空間を七百メートルの高度で、秒速千メートルで横切って、ノブレスの左眼にはいり、首のうえ右耳のうしろから出る。ファーマンは、コントロールを失って、しばらく惰性のままになるが、段々垂直方向へ下降の角度を増し、シャルルは、呆気にとられて、アルフレッドの低くなった肩越しに、自分が衝突する地表が、後戻りできないすごい勢いで、自らの即死以外に可能性のないまま、一抹の望みもなく近づいて来るのを見る。その地表は現在ジョンシュリ＝シュル＝ヴェルの集落で占められている、シャンパーニュ＝アルデンヌ地方のきれいな村で、その住民はジョンカヴィデュリアンと呼ばれる。

8

雨が降り始めると、背嚢は殆ど二倍の重さになり、風は圧倒する塊のように立ち上がったが、余りにも重く凍てついているから、それが動くことが不思議なくらいだ。色を失わせるように寒かったのはベルギー国境に達したときだった。税関吏は動員の日に大きな焚き火を焚きつけたが、それ以来火が絶えないようにしていた。その火のできるだけ近くで寝ようと身を寄せ合った。アンチームは税官吏たちを羨ましく思った。生活は静かだろうと思ったし、仕事は安全で、寝袋は羊皮だろうと想像した。彼らを余計うらやましく思ったのは、彼らのもとを離れたあと、二日間の行軍ののち砲声を段々近くに聞き始めたときだった。砲声の通奏低音は散発的な銃声を伴う。偵察隊が小競り合いをしているのだろう。

この銃撃戦の響きを聞いた少しあと急に銃火の只中に入ることになった。メッサンの少し先の起伏地だった。こうなったら、もう行くしかなかった。そこで本当に、いよいよ戦わなければ、作戦に立ち上がらなければならないことが分かったが、アンチームは最初の砲弾が近くに来るまで、現実のこととして信じられなかった。そう信じることを余儀なくされると、持っているものが急に重くなった。背嚢、武器、第五指の指輪までが一トンもの重さに感ぜられ、手首の痛みは鎮まるどころか、それまでになく激しい。

それから前進するよう号令がかかったが、周りの者たちに押されるようにして、彼は何をしてよいか分からないまま、これ以上の現実はない戦場の只中にいることになった。先ずボシスと目を見交わした、アルスネルは後ろで一本の皮紐を調整中、パディオローは青白い顔をしてもう白くない布切れで鼻をかんでいた。それから突撃しなければならなかったが、彼らの背後の後陣に二十人ぐらいの男たちの集団が現われ、世にもなく安らかに、弾丸を気にする様子もなく円陣をつくった。歩兵隊の楽手たちで、白い指揮棒を立てた長は、それを振り下ろして、「ラ・マルセイエーズ」の曲を奏でさせた。オーケストラが突撃を勇ましく演出しようという訳だ。森のなかに隠れて防御を敷いた敵は最初侵攻を妨げたが、味方は砲兵隊の後方からの援護を得て、攻撃を企てた、背を屈(かが)め、物量の重さによたよたしながら、凍てついた空気に穴をあける銃剣を各人先立てて走った。

ところが、攻めをかけるのが早すぎた、そのうえ戦闘の舞台を横切る道路に多数で押し寄せるという過ちを犯した。この道路は、ひらけたところを通っていて、木々のうしろに構えた敵の砲兵隊の視野にはいっていたから、全く邪魔のない標的となっていたのだ。直ぐに数人が、アンチームから遠くないところで、倒れ始めた。二、三条の血沫を見たように思ったが、急いで自分の意識から遠ざけた——圧のかかっている血であるのか、そもそもそのときまで、こういう状況こういう形でないにしろ、血を見たことがあったかどうか、確かでなかったし、確かだと思う余裕もなかった。いずれにせよ頭の機能は考えることにはなく、唯、敵対するものを撃とうとすることと、何よりも、何処でもいいから隠れ場所を見つけることにあった。幸いに、とはいっても直ぐに敵の一斉放火を浴びるのだが、道路はところどころ窪んだ区間があって、先ずは短いあいだ身を隠すことができた。

けれども短すぎる。命令を吠えられ、歩兵隊の前列はこの通路を離れ周りに広がっているカラス麦畑のなかに公然と危険を冒してはいり込まなければならなかったが、今や、敵からの砲弾を受けることだけに済ます、背中に自軍が不用意に発した弾を受けることになったから、戦列は直ぐに乱れた。経験がなかったのだ、競り合いは始まったばかりだった。こうした不手際を防ぎ、監視士官によく見分けられるよう、外套の背に大きな白い矩形を縫いつけるよう命令を受けたのはあとになってからだ。ところで、オーケストラが戦闘のなかで自らの役目を果たしていたとき、サクソルンの腕が弾丸に貫通され、トロンボーン奏者が悪い傷を負って倒れた。円陣はそれだけ狭まったが、縮小編成にもかかわらず、楽手たちはひとつの音を外(はず)すこともなく演奏を続けた。そして血染めの旗が立ち起きる小節を繰り返すところで、フルートとアルト・サックスが倒れ、死んだ。

中隊の進攻を砲兵隊が援護するのが遅れたから、一日かかっても、一進一退を繰り返すばかりで、優勢を画すことはできなかった。やっと夕方になって、今一度の努力で、敵を森の向うに銃剣突撃によって押し返すことに成功した。アンチームは目の前で男たちが別の男たちに穴をあけ、すぐさま発砲し反動で刃を肉から抜くのを見たし、なお見るように思った。彼自身銃を握りしめて今やどんな小さな障害物でも、人の体であろうと、動物の体であろうと、木の幹であろうと、現われるものは何でも貫き、串刺しにし、切断する覚悟——一過性だが、絶対的で盲目的な、その他の可能性を認めない精神状態——だったが、その機会は与えられなかった。彼は皆に合わせ、骨折り甲斐もなく、細かいことにはこだわらずに前進を続けたが、獲得した領域は長くは保たなかった。援軍なしでは地点を保守できなかったから、隊は早くも後退を余儀なくされた。こうしたことは、アンチームは後になって人に説明されて再構成したのであって、そのときは、往々そうであるように、何も分からなかった。

彼にとっても他の者たちにとっても初めての戦闘だったが、数十人に交じってヴェシエール大尉と曹長一人と主計下士官二人が死体となって見つかった。負傷者は、言うまでもなく、担架兵たちが暗くなってからも救出の努力をした。楽隊のほうは、クラリネット奏者が腹をやられて斃れ、大太鼓が頬を楽器とともに貫かれてもんどり返り、フルートの第二奏者は手が半分しかなくなった。敵対のあと起き上がりながら、アンチームは食器と釜が弾で穴があいているのに気がついた。それから、ケピ帽も。砲弾の破片は、アルスネルの背嚢のうえにあったものを全部むしり取ってしまった。背嚢には弾丸の穴があいていて、上着も破いた弾丸は背嚢のなかに見つかった。点呼のあと、中隊は七十六人の欠員を数えることになった。

翌日は早朝からまた長く行軍しなければならなかった。しばしば森を通って、敵の双眼鏡や、飛行士や繫留気球の操縦士たちの見下ろす視線に余り晒されなくてすんだ。が、起伏に富んだ地形は努力と疲労を倍増しした。益々多くの、置き去りにされた死体や武器や装備に行き遭い、また二、三度戦わなければならなかったが、戦闘は幸いにも小競り合いでしかなく、メッサンでの最初の敵対より短く、組織的でもなく、いずれにせよ、それほど殺戮的でなかった。

こうした行軍が秋のあいだ続いた果て、もうそれは自動的になって、歩いていることを殆ど忘れてしまった。それはそれで悪くなかった。このようにして、機械的に動かされる体は考えを別のことに向けさせたか、多くの場合何も考えさせなかったが、冬になって戦争が膠着すると止まらなければならなくなった。双方が相手に向って、もうどちらも陣を拡げられないところまで前進した揚句、正面対峙で動かなくなった。厳しい寒さのなかで動かなくなった。寒さが突如として諸隊の動き全体をスイスから北海に至る長い一線のうえに凍結するかのようだった。この線のどこかでアンチームと他の者たちは、麻痺して、動きを止め、交通壕で結ばれた塹壕の大きな網のなかに閉じ込められることになった。このシステムは、建前は工作隊によって掘られたものだったが、それだけではなくて、むしろ自分たちで掘らなければならなかった。背負っているスコップと鶴嘴は背嚢の側面を飾るためにあるのではなかった。それから、毎日正面にいる者たちを最大数殺し、司令部に定められた最小限の敵陣を獲得するよう試みながら、そこに籠(こも)った。

9

一月の終わり、予定通り、ブランシュは出産した。女の子で、三・六二〇キログラム、名前はジュリエット。法律上の父が欠如した——欠如は、実の、皆から推定された父が六カ月前ジョンシュリ＝シュル＝ヴェルの周辺で潰れていて解消しようもなかった——から、子供は母の姓が与えられた。故に、ジュリエット・ボルヌ。

婚外で出産したことはたいして醜聞にも、さして噂話の種にさえならなかった。ボルヌ一族は開けた考えをしている。ブランシュは六カ月のあいだ街に出ないようにしただけだったし、子供の誕生後は、戦争を結婚式遅延の理由にし、行われなかった婚約式があったように思わせ、現象の非嫡性を、推定された父の英雄化された姿のうしろに隠した。勇敢さに輝き、モンテイユの特別な配慮で没後の叙勲を受けた。ブランシュの父は、長期的に考え、言葉には出さなかったが、男子の世継ぎがいないことから工場の将来が保証されないことを残念に思ったが、ジュリエットの誕生は、生まれるまえから父親を失ったこの子供が直ぐにも、ありとあらゆる気遣いの対象となることを妨げなかった。

自分が赦せない、とモンテイユは嘆息を吐いた、いくら悔んでも足りない。医者の人脈のお陰で、シャルルは前線を免れ、空中で地上にいるよりも戦火を浴びずにすむと思ったのだった。確かに人脈はうまく働き、ことはうまく運び、地上での戦闘を免除させて、創生期の航空隊——民間人にはまだ、戦闘でこれほど積極的な役割を果たすようになると予見できなかった——に転属させることができた。あたかもそれが閑職であるかのように。ところがそれは結局間違った計算だったことが判明した。ジュリエットの推定上の父は、いずれ泥のなかでそうなったかもしれないが、それよりも早く空で散ってしまったのだから。自責の念に耐えない、とモンテイユは繰り返した、とにかく歩兵隊のほうがよかったんだろう。それは分からなかった。ブランシュは短く応じた、後悔しても仕方がなく、そのことにいつまでもこだわるのは止して、それより小さい子を見てくれても悪くはなかろうと。

生後三カ月で、春先だった。今ブランシュには、木々に芽が出始めているのが、鳥の相変わらずいない窓から見えた。窓のしたに乳母車が停まっている。御免なさいと言って、モンテイユは重々しく腰を上げ、子供を車から取り出して診察——呼吸、体温、意識状態——すると、全く何も言うことはないですな、と言った。よかった、ブランシュは乳呑み児を包みながら、礼を言った。で、ご両親は、とモンテイユは知りたがった。何とかやっています、とブランシュ、シャルルの死んだあとは大変でしたけど、小さい子で気が紛れています。そうなんだ、とモンテイユは繰り言を始める、自分のしたことは悔いて止まれないが、それは彼のためだったんだよね。もういいでしょ、とブランシュは結んだ。それはそうと、弟のほうは、とモンテイユは尋ねた。御免なさい、ブランシュは言った、誰の弟？　シャルルの弟じゃ、とモンテイユは正した、知らせはあるかな。葉書は、ブランシュは答えた、よく送ってくれます。手紙も時々は。今は、ソンム県にいると思うけど、余り不満は言わないわ。それに越したことはない、とモンテイユは頷いた。どうせ、とブランシュは指摘した、不満を言う子じゃなかった、アンチームは。彼がどんなか知っているでしょう、何にでも適応するわ。

10

事実、彼は適応した。適応せず、物事に耐えるのに困難を示し、それを知らせようと欲したとしても、郵便の検閲は不平を言うことの助けにならなかった。そう、アンチームは割と直ぐに毎日の掃除、地盤補強、物資の搭載・運搬の作業や塹壕での生活や夜間の歩哨や休日に慣れた。休日といっても名ばかりで、内容は教練、訓示、演習、腸チフスのための注射、すべてがうまく行っているときはシャワー、行進、閲兵、式典――六カ月前に創設された戦功十字章の授与あるいは、例えば、この頃地区であったある軍曹のリュウマチにもめげない前線における功労を讃える表彰。アンチームは移動、被服交換、そして他の者たちにも慣れた。

他の者たちは、基本的に、但しだけではなかったが、農民、小作人、職人、日雇いの下働き、むしろプロレタリア階級で、アンチーム・セーズのように読み書きや数を数えられる者は多数ではなかったから、仲間たちの手紙を書いたり、彼らが受け取る手紙を読んだりするのに役立つことができた。知らせは届くと誰彼聞きたがる者に伝えられるのだったが、アンチームはシャルルの死を知ったとき、そうすることを控え、ボシスとアルスネルとパディオローにしか打ち明けなかった――この四人は結局、要領よくいつも、隊の動きにもかかわらず、互いに遠くないところにいた。

被服はというと、春になって新しい、戻ってきた太陽にふさわしい水色の外套に袖を通した。余りにケバケバしい赤色のズボンのほうは殆ど見られなくなった、というのは青色のつなぎのしたに隠れたか、コールテンのズボンに取って代わられた。防御用の備品は、先ずセルヴリエールの配給を受けた。頭蓋骨を包む鋼でできたお椀形で、ケピ帽のしたに被る。それから、数週間後、五月になって、余り喜ばしくない技術革新が到来するという兆候だが、戦闘用ガスに対する個人用防具――マスクと雲母でできた眼鏡――が、牧草地に野営しているあいだに、支給された。

快適でないうえにしょっちゅうずり落ちそうになるから、頭痛が起きるのは勿論のことで、セルヴリエールは好評を博さなかった。段々これを着用することを怠るようになり、間もなく調理の目的にしか使わなくなった。目玉焼きを作ったり、予備のスープ皿にしたりする。九月の初旬、アルデンヌとソンム県のあと、アンチームの隊がシャンパーニュ地方に移動したとき、このお椀形はヘルメットに取り替えられた。もっと本格的に兵士を守る筈だったが、初期のモデルは光沢のある青色に塗られていた。それを被ると誰が誰だか分からなくなるのが最初可笑しかったが、それほど目深く覆った。誰も笑わなくなり、日光の煌きがこの青を格好の標的にすることが分かると、前の年食器をそうしたように、泥をこすりつけた。とにかくヘルメットの色はどうであれ、秋の攻勢のあいだそれを頭のうえに載せているのは悪くなかった。殊に十月の終わり、ヘルメットが余分でない困難な一日があった。

その日は明け方から、いきなり砲撃が始まった。敵はまず大口径の砲弾ばかりを撃ち込んできて、狙いを定めた一七〇と二四五ミリ弾は戦線を深く掘り返し、土崩れを起こして、五体満足な兵士や負傷兵を埋め、彼らは土砂のなかで直ぐに息ができなくなった。アンチームは爆弾がひとつ落下したあと、崩れる穴のなかに危うく残ったままになるところだったが、数百発の弾丸を体から一メートル以内に、数十発の砲弾の炸裂を半径五十メートル以内にかわした。あられのしたを当てもなく飛び跳ねながら、彼は一瞬自分の最期が来たと思った。着発弾が今までよりも近くに、塹壕の崩れ目を砂嚢で補強したところに落ち、砂嚢のひとつが打撃で破れ、跳ね上がり、アンチームを殆ど打ちのめすと同時に運よく破片から彼を守った。敵の歩兵隊は、このときを選び、混乱、総慌て、命令系統上を下への大騒ぎに乗じて、一斉攻撃をかけてきた、隊全体が震え上がり、恐慌状態が出現した。ボッシュが来たと叫びながら、後ろへ逃げた。

アンチームとボシスは、近くに避難場所を求めて這っていって、地下数メートルのところにある対壕に隠れることができたが、今度は弾丸と砲弾にガスが加わった。あらゆる種類の、目潰しガスや糜爛(びらん)性ガスや窒息ガスや催嚏(さいてい)ガスや催涙ガスを敵は自由気儘にボンベや特殊砲弾を使って、次から次へと縞をつくり、風を利用して散布してきた。最初の塩素の臭いでアンチームは自分の防御マスクをつけ、手振りでボシスに対壕を出て外気に当たるよう説得した。飛んでくる弾に晒されるが、重いうえに陰湿に殺人するこの蒸気からは逃れられた。蒸気は、雲状に通過したあとも、穴や塹壕や交通壕のなかに溜まり長いあいだ滞留する。

これだけではまだ足りないかのように、彼らが隠れ場所から出たとたん直ぐ近くで、ニューポール戦闘機が一機墜落して塹壕のうえで爆発しバラバラになり、土埃と煙の災害があちこちで起きた——土埃と煙を通して、衝撃で死に、座席に座ったまま関節の外れた二人の飛行士が焼け、ベルトをつけたまま骸骨と化して燻るのが見えた。そのあいだ日は落ちていった、とはいえこの混乱のなかでは落ちていくのは見えなかったが、日没時に一時相対的な静けさが戻って来そうだった。しかしながら、締めくくりに今一度の攻勢、花火のフィナーレを欲したようだった、というのは、凄まじい砲撃が再開された。アンチームとボシスはまたもや新たな、今さっきあとにした対壕に落ちた砲弾の炸裂で土まみれになり、その天井が衝撃に耐えられなかったのが見えた。

夜になって砲火は弱まった。殆ど静かでさえあり得た。但、食糧支給が攻撃によって絶たれたから、真っ暗ななかをペルツまで五キロの交通壕を通って食糧を探しに行かなければならなかった。戻ってから、アンチームは寝に行くまえ、見つけたブランシュからの、ジュリエットの様子――二つめの歯――を知らせる手紙を読む時間があったが、ついで主計のひとりから、百二十番が右側の塹壕二つを取ったことを知らされた。左側、スアンの丘のほうは、正面のやつらが別の二つを取ったが、聞くところでは、直ぐに取り返した、要するにきりがなかった。

そして翌朝からなおきりがなくなった。厳しい寒さが居据わるなか、多声の雷鳴は途切れなかった。大砲は通奏低音を発し、砲弾はあらゆる口径のが行き交って打撃し、弾丸は笛のように響くか、短くはじけるか、嘆息をつくか、猫のように鳴くかは、その通過する角度によって違う。機関銃、手榴弾、火炎銃、脅威はどこにでもある。上からは飛行機、曲射砲撃、前からは敵の砲兵隊。下からさえも、小康状態にあずかろうと思って塹壕の底で眠ろうとすると、敵が鶴嘴を使う鈍い音がまさにこの塹壕のしたから、まさに自分のいるしたから聞こえる。トンネルを掘って地雷を仕掛け、この自分を自らもろともに殲滅しようというのだ。

銃に、小刀にしがみつく。金属の部分はガスで酸化し、光沢を失い、茶色になり、照明弾の冷たい光のしたで幽かに光るだけだ。大気は、馬の腐臭、斃れた兵士の死臭、それから、まだ泥のなかでかろうじて立っている男たちの、小便、糞、汗、垢、嘔吐物の臭いに満たされている。辺りを浸す饐(す)えた、かびた、古びた臭いは言うまでもないが、前線のここは本来外気のなかなのだ。否、自分の体にまで、体のなかにまで淀んだ臭いを感じる。周りは鉄条網で、腐りかかった、手足の外れた死体が引っかかっているが、ときには工兵が電話線を巻きつけるのに役立つ——容易な仕事ではないから、工兵は疲れと恐れで汗をかき、作業し易いように外套を脱ぎ、耕された地面から突き出ている一本の腕をコート掛けの代わりにして掛ける。

こうしたことは何百回も描写されてきたから、この汚穢(おわい)と悪臭に満ちたオペラにいつまでもこだわる意味はおそらくないだろう。そもそも、戦争をオペラに比較することはたいして役に立つことでもないし余り適切でもないだろう。ことにオペラを愛好しない者にとっては。たとえ戦争がオペラのように、スケールが大きく、誇張があって、過激で、辛い長丁場が沢山あるとしても。オペラのように大きな音を出し、仕舞いには結構退屈してしまうことがよくあるとしても。

11

続く朝のうちのひとつの朝、他の朝とそんなに変わらない朝、雪が、砲弾と同時に——もちろん同じリズムではなかった、砲弾はその朝少し少なく、そのときまで三発だけだった——降ることを始めた一方で、パディオローは弱音を吐くことを始めた。

腹がへったよ、と彼は呻いた。寒いよ、喉が渇いているし、疲れた。全くだ、とアルスネルは言った、俺たちみんなのようにな。それから、ひどく息苦しいんだ、とパディオローは続けた、腹が痛いのが別にあるけれど。じきに過ぎるよ、腹痛は、とアンチームは予想した、皆多かれ少なかれそうだ。でも一番厭なのは、とパディオローはこだわる、腹が痛いから息苦しいのか（うるさいぞ、とボシスが口を挟む）、息苦しいから腹が痛いのか分からないってことなんだ、分かるかな。静かにしてくれよ、とアルスネルが締めくくる。

そのときだ、最初の三弾は遠くに落ち、戦線を外れたところで無為に炸裂したあと、四つめの一〇五ミリの着発弾が狙いをよく定めてもっといい結果を塹壕内に生んだ。砲弾が大尉の当番兵を六つの部分にバラしたあと、破片が連絡員の頭を落とし、ボシスを鳩尾（みぞおち）のところで対壕の支柱に釘付けし、いろいろな兵士をいろいろな角度から滅多切りし、一人の斥候猟兵の体を縦に切断した。遠くないところにいたアンチームは、一瞬のあいだに脳から腰まで、斥候猟兵のすべての内臓が解剖図にあるように二分されるのを見た。それから平衡を失ってそのましゃがみ込むと、大音響に耳をつんざかれ、土砂の流れ、埃と煙の塊に目を眩まされ、身を守ろうとしながら、恐怖と嫌悪からふくらはぎとその周りに嘔吐した。靴は足首のところまで泥に埋まっている。

それからすべては終結するように思われた。塹壕のなかは段々見えるようになり、一種の静けさが戻ってきた。他の爆発音が大きく荘重に、まだ周りで響いていたが、離れていてこだまのようだった。免れた者たちは、多かれ少なかれ兵隊の肉片に覆われて起き上がった。土の混じった千切れ端はすでにネズミたちが剥ぎとり、競い合っているが、その周りには屍の残骸があちこちにある——下顎のない頭、結婚指輪をつけた手、足だけを入れた長靴、目玉一つ。

静けさが回復しようとしていたようだったが、そのとき砲弾の破片がどこからどのようにしてか、ひとつ遅れて、つまり追伸のように現われた。それは鋳鉄の破片で新石器時代の磨かれた斧の形をしていて、火のつきそうに熱く、煙をたて、片手の大きさで、鋭利なことは大きなガラスの破片のようだ。あたかも個人的な問題を、他には目もくれずに解決しに来たとでもいうように、それは直接、空気を切り、立ち上がりつつあったアンチームに向い、有無を言わせずに、右腕をすっぱりと、丁度肩のしたのところで切断した。

五時間後、野戦病院では皆アンチームを祝福した。皆がこの幸運な負傷をどんなに羨んでいるかを見せようとした。想像できる限りで最上の負傷だ——重度の、不自由にする負傷だが、結局他の負傷より悪いという訳ではなく、誰もが望んでいた。というのは、今後戦線から離れていられることを保証する類の負傷だった。担架のうえで肘を突いて起き上がり、ケピ帽を振っている仲間たち——少なくとも余り傷んでいない、そうすることのできる者たち——の歓迎は大変なものだったから、アンチームは不平を言ったり痛さに声を上げたり腕を悔やんだりすることが殆ど憚られた。そもそも腕がなくなったことがよく分かっていなかった。本当のことを言えば、この痛みや世の中のこと一般がよく分かっていなかったように、他の者を見ても目にはいらず、これからは片側でしか肘を突けないということも自分のこととして考えられなかった。昏睡状態から、次いで手術ユニットの役をなすものから出て、目は開いたが何にも止まらないまま、彼はどうしてかよく分からなかったが、皆笑っているから、喜んでいい理由があるのだろうとだけ思われた。自分の状態が殆ど恥ずかしいくらいだったが、これもどうしてかよく分からない。病室の歓迎に機械的に応えるかのように、それに合わせて長い痙攣した笑いを発した。それは馬の嘶きのように響いたから、皆は急に黙り、それからモルヒネの注射が彼をまた何も分からなくした。

六カ月後、上着の折れた袖が安全ピンで右脇に留められ、別のピンが反対側の胸に真新しい戦功十字章を留めて、アンチームはロワール河の岸を散歩していた。その日はまた日曜日で、アンチームは残っている手をブランシュの右腕のしたに入れ、ブランシュは左手で眠っているジュリエットのはいっている乳母車を押していた。アンチームは黒い服装で、ブランシュも喪服を着て、彼らの周りはすべて灰色、栗色、深緑のタッチでこの色に合わされていた。例外は老舗の光沢を失った金塗りの飾りで、六月の陽のしたで鈍く光っていた。アンチームとブランシュは、新聞に出た知らせを短く話題にするほか余り話を交わさなかった。ヴェルダンの戦いを避けることになったのよね、と彼女が言ったところだが、彼はそれに答えることがその場にふさわしいと判断しなかった。

戦闘も二年近くになり、加速徴兵は途切れることなく国民を吸い取ったから、通りには日曜日であるかないかにかかわらず、人がさらに少なくなった。女や子供でさえ、高い物価や買物難のせいで、余りいなかった。女たちはせいぜい戦争手当しか貰えず、夫や兄弟のいないあいだ仕事を探さなければならなかった。工場、ことに軍需工場に行かないときは、広告を貼ったり、郵便を配ったり、切符を切ったり、機関車を運転したりする。そして学校に行かなくなった子供たちもすることが結構あった。十一歳から刈りだされて、工場や町の周辺の畑で——馬の手綱を引いたり、脱穀したり、家畜の番をしたりして——年長の者の代わりをした。残りは大方年寄りと得体の知れない人たち、数人のアンチームのような傷痍者、紐に引かれたり引かれなかったりしている数匹の犬。

これらの、自由を妨げられていないほうの一匹が、フォス河岸(かし)対岸の同類に性的に挑発されて、不様に、発情したまま、乳母車の車輪に突っ込んで来て、その勢いが一瞬乳母車を傾けそうになったことがあったが、ブランシュの鋭いパンプスの一撃に抑えられて、クンクン鳴きながら逃げて行った。若い女（ひと）が状況を掌握し直したことを確かめ、姪が目を覚まさなかったことを確認すると、アンチームは恐縮した動物が、勃起したまま、けれども欲望の対象がこの騒ぎのあいだに消えてしまったから今となっては何の甲斐もなく、右左にジグザグしながらガラス工場（ヴェルリー）通りの角に消えていくのを目で追った。

12

動物というと、アンチームはこの五百日のあいだに、沢山、それもありとあらゆる種類のを見た。なぜなら、戦争は町を選択的に包囲、進入、砲撃、放火したが、田舎でも多く展開されたのであり、田舎は知ってのとおり、動物には不足しない。

まず、実用の動物。働かせるか、食べるかした、あるいはその両方の動物が、野放しになった。農民は戦闘地帯となった土地から逃げ、燃える建物やカルデラ状の畑を見捨て、家畜や家禽をあとに残したのだ。これらを捕らえて集めるのは本来国土防衛隊の役目だったが、仕事はそれほど容易ではなかった。ウシ科の動物たちは飼い主がいなくなって、野生状態への回帰に関心を示すようになったから、直ぐに扱いが難しくなり、特に雄牛は執拗だから手に負えなくなった。国土防衛兵にとって、そのなかの田舎出の者にとってさえ、道路の残っている部分をうろついている羊や迷っている豚や辺民化しつつあるアヒル、雌鶏、雄鶏やホームレスの兎を集めるのは一筋縄で済むことではなかった。

こうしてさ迷える種となった動物は、時として、隊の相も変わらない日常への付録ぐらいにはなった。好日、偶然にも、方向を失った鵞鳥に行き会うことは、冷えたスープや缶詰のコーンビーフや前日のパンを少し変えてくれた――葡萄酒はもう問題ではなかった。今では経理が蒸留酒と併せ豊富に配給してくれるのは、参謀本部が兵隊を酔わせることは勇気を増倍し、特に自らの条件を忘れさせることになるとの考えを強くしたからだ。回収される動物がこうして可能態の祝宴になった。あるときは、空腹に迫られ、技術的には、肉屋としての天職を役立たせることに喜びを見出したパディオローに助けられて、アルスネルとボシスは立っているままの生きている牛からあばら肉を何枚か剥ぎ取り、あとは自分で何とかするに任せたことがあった。暇になり嫌気の差した馬たちを容赦なく屠殺し食べ尽くすまでになった。どうせ馬たちは、ムーズ運河に引くべき舟がなくなってしまったことに心を痛め、もう生きる目的を失っていた。

しかし、有用で食用の動物に時々行き会うだけではなかった。もっと身近で、飼い慣らすことのできる、さらに言えば飾りとしての、快適な環境に慣れている動物にも擦れ違った。民間人の流出で飼い主のいなくなった犬や猫、首輪もなく毎日の約束された餌皿もなく、与えられた名前までも忘れようとしていた。それから籠の鳥、雉鳩のような愛玩用の鳥、更に純粋に装飾的な、例えば孔雀、普通は誰も食べないが、どっちみち、その悪い性格、そのどうしようもないナルシシスムからして、自分ひとりで生き延びる可能性はなかった。こうした動物を食糧にするという考えは、軍人たちが自然に思いつくことではなかった、少なくとも最初は。しかしながら、動物を連れにしたいと思い——数日間だけということも間々あったが——交通壕の曲り角で見つけた迷い猫を隊のマスコットにすることもあった。

他方、塹壕の長引くブレない固定ショットの周辺で跳ねたり蹲（うずくま）ったりしている自立した動物たちもいた——それはまた別の話だ。畑や森のなかに、それが砲兵隊の砲撃によって削られ荒廃する——畑は火星上の景色に変わり、森は毛の抜けたブラシ状になる——までの幾ばくかのあいだ、まだこれらの自由戦士たちが住んでいた。決して人間たちに虐げられることなく、人間たちが戦っているかいないかにかかわらず、好きなままに生きる自由を選び、いかなる労働規約にも従わない。彼らのなかにも食用となるものが結構あった。野兎やのろ鹿や猪は、戦時中猟は禁止されているにもかかわらず銃で速やかに撃ち倒されると、銃剣で止めを刺され、斧や塹壕ナイフで切り分けられ、隊に天の恵みのような副食を供給することにもなっただろう。

同様に蛙、見張りのあいだに待ち構え撃ち落すことのできた鳥、水の流れの近くに野営する際に手榴弾で漁をした鱒（ます）、鯉、テンチ、パイク等何でも、奇跡的に全く空（から）になっていない巣に行き当れば蜜蜂。残るのはアウトローたちだが、どのような禁忌によって食べられないと宣言されたのか、狐、鴉、鼬（いたち）、もぐらたちだ。迷妄な理由によって食に適さないと判断されていたとしても、段々気にしなくなり、煮物にして針鼠の名誉を回復したこともあった。けれども、他の動物たちと同じように彼らも、間もなくガス兵器が発明され作戦の舞台に広く適用されると余り見かけなくなる。

しかし、食べることだけが人生ではない。というのは、動物界には、武力抗争の際、食用にされない要員もいた。潜在的な戦士で、役に立つから人間によって強制的に徴集された――馬や犬やハト科の鳥といった連中で軍用化され、ある者は位階保持者を乗せたり、有蓋車を牽いたり、別の者は攻撃に配置されたり、機関砲を牽引したり、飛ぶ者のほうでは、旅行鳩の群れが伝令に任命された。

そして動物のなかには、厭なことに、何にもまして、丈の短い、恐るべき性向をもった無数の輩がいた。いろんな種のどうしようもない寄生動物で、食糧の補填にならないどころか、反対に獰猛に隊を栄養源にした。まず昆虫で、蚤と南京虫、ダニと蚊、羽虫と蠅が群れを成して死体の目――特別美味――にたかった。これらはまだ耐えられたが、直ぐに文句なしの大敵となったのは虱だった。最強で拡散的、この一匹の虱とその千万の同胞に体中を覆われてしまう。虱がやがて永遠の敵となったとすれば、もうひとつの大敵は鼠だっただろう。貪欲なこと劣らず、同じように蠢いて、やはり休みなく繁殖し、益々大きくなり、あなたの食糧――用心して釘に吊るしてあるものさえ――を貪るためだったら何でもする。あなたの帯紐を齧ったり、靴さらにはじかに、寝ているあなたの体までも襲い、あなたが死んだときには、あなたの眼球を蠅と争う。

　これら二つ、虱と鼠のせいだけでも、彼らはしぶとく、正確で、組織され、単音節の言葉のように目的はひとつ、あなたをそれぞれの仕方で終わらせることだけで、それぞれあなたの肉を齧ったり、あなたの血を吸ったりすることを目指すから――同じ目的に別の仕方で達しようとする正面の敵のことは措いても――あなたはどこかに行ってしまいたくなるときがある。

しかしこの戦争からこんな風にとんずらすることはできない。情況は単純だ。動きが取れないのだ。敵はあなたのまえに、鼠と虱はあなたとともに、そしてあなたのうしろには憲兵。適性を失う唯一の方策は、だから、よい負傷だ、待つしかないが希求することはある、離脱を保証してくれる負傷（アンチーム参照）だが、問題はあなたの意思ではどうにもならないことにある。この慈善的な負傷を、ある者たちはそうとは見えないように自ら施そうと、例えば手を撃った訳だが、大抵は失敗した。見つかって、裁判にかけられ裏切り行為で銃殺された。他の者たちにガスや火炎銃や砲弾で窒息させられたり、黒焦げにされたり、微塵にされたりする代わりに、仲間たちに銃殺されるのもひとつの選択肢であり得た。しかし自らを銃殺することもできた。足指を引き金にかけ銃口を口に入れてオサラバするのも他の方法に優るとも劣らない方法だ。これが二番めの選択肢であり得た。

13

三番めの解決策はアルスネルによって見つけられたと言えるだろうか。もっとも彼はそれを選んだ訳ではなく、計画的でなく衝動に促されてのことだった。只、ひとつの心持ちが連鎖的にひとつの気分そしてひとつの動きを生んだ。この鎖の始まりは、十二月の終わりにボシスが死に、アンチームが運び出され、アルスネルがパディオローを見失ったことだった。周りを捜し、可能な範囲で照会し、将校たちに聞こうとさえ試みたが、刺々しく、侮蔑的で、秘密めかすばかりで成果はなかった。アルスネルは心を決めた。もしかしてパディオローはボシスと同じ日に死んだのだ。無名のまま泥に埋もれ、混乱のなかで誰も何も感じなかった。もしかすると、アンチームのように負傷して、彼のように家に送り返されたのだが、誰も同僚に知らせる手間を取らなかった——またもしかすると、誰か知るか、別の隊に移動させられた。

いずれにせよ、パディオローの跡はない。こうして三人の仲間がいなくなって、アルスネルは不快に感じ始めた。戦争は愉快ではなかったが、彼らと一緒にいればまだ何とか暮らせた、少なくとも集まって、仲間内で話し、意見を交換し、言い争ってはまた仲直りした。それは頼りになる核を形づくり、日に日にはっきりしてくる危険にもかかわらずその存在が途絶えてしまうなどとは想像したくなかった。絶えずぼんやりとは考えていたが、それが本当に仕舞いになり、散り散りになってしまうことには心の準備ができていなかった。社交的な配慮といったものは一切していなかったから、代わりの友人をつくろうとも思わなかった。

という訳で、アルスネルは独りになった。続く何週間か何カ月のあいだ隊のなかでコンタクトをつくろうとしたが、それはいささかわざとらしく、簡単でもなかった。というのも、四人は別行動する傾向があると見られていたから、そうした態度の償いをさせるため、彼のことを無視した――それでも冬の終わりまでは、厳しい条件も手伝って、隊のなかではまだ皆のあいだに連帯があった。けれども春になって陽気が足を引きずりながら戻ってくると、戦闘は弱まらなかったから、隊のなかにグループが再形成されてアルスネルは自分の居場所がなくなった。こうしてある朝、ふさぎの虫に取りつかれてアルスネルは、隊がソンム＝スイップ村の近くで休止して前線に戻るまでのあいだ一息ついていたとき、ひと回りしに出掛けた。

ちょっとひと回り。腸チフス予防のためできた一時（ひととき）の合い間。注射のための点呼で、名前順に呼ばれたアルスネルは始まって直ぐ注射されたから、皆が列をなして震えながら順番にこっそり尻を針に向けているのをいいことに、同じようにこっそりと、何も考えず、特別な計画もなくそこを離れた。野営地を出ながら、見張りに木のところに小便をしに行くとでもいうような漠然とした合図をし、実際木のところを通ったから小便もしたが、そのまま先に行った。そして一本の道が現われたので、何があるか、そこを行くと、分かれ道になりまた分かれ道になり、はっきりした考えもなく、行き当りばったり田園のなかを進んだが、遠くに行こうという意図が実際にあった訳ではなかった。

　春の兆しをうかがうことに気を任せた――春を観察するのはいつも感動的だ、その仕組みを理解するようになっても、気分転換にはいい方法だ――が、アルスネルは静けさにも注意深かった。決して遠くはない前線のとどろきが僅かに静けさを乱すが、この朝はそれも弱まる傾向にあった。確かに不完全で、完璧に戻ってきた静けさではないが、殆どそれに近い、完全であるよりも殆どよいくらいだ、なぜなら交じる鳥の声は静けさを言ってみれば増幅し、地(ぢ)のうえの図となって、それを称揚する――小さな例外規定が法律の効力を強めるように、一点の反対色がモノカラーを引き立てるように、微かなささくれが申し分のない滑らかさを証明するように、すばやい不協和音が、ハイライトの完璧な協和音を仕上げるように、でも調子づくのはやめよう、本題に戻ろう。

動物が現われた。いつも自らの組合を典型的に代表することを心がけているようで、一羽の猛禽が空高く、一匹の黄金虫が木の切り株に、そしてすばやい一匹の兎が茂みから現われ、アルスネルを暫し見つめたかと思うと、ばね仕掛けの勢いで逃げ去った。人間のほうは鉄砲を構える機転がないが、鉄砲は元々携えていないし、水筒さえ持ってきていない――軍事地域(ゾーン)を離れることを計画した訳では全くないことの証拠だ。只一寸散歩したいという、このおぞましい肥溜めから一時(いっとき)抜け出したいという気持ちに駆られただけだ。兵は絶えず数を数えられ、恒常的に点呼されるということを忘れ、この散歩が気づかれずにすむなどとは期待しなかった――そもそもそんなことに考えが及ばなかった。

曲り角のあと、四番めの道は木立のあいだの草原(くさはら)に消えた。草原は開きつつある木の若葉が透している生き生きした光で斑(まだら)に覆われている。デリケートな絵。ところがこの斑模様の隅に馬に乗った三人の男がいた。体にぴったりした水色の制服を着て、背を伸ばし、視線は厳しく、口髭は梳かされて、アルスネルに三丁の一八九二年型8ミリ拳銃を向け、軍隊手帳を提示するよう命じるが、それも持ってきていなかった。番号と所属を訊かれたから、空で答える、小隊、中隊、大隊、連隊、師団。憲兵の視線より馬の気遣う、穏やかで、深い視線に出会うほうがよかった。彼がそこで何をしていたのかさえ尋ねなかった。後ろ手に縛られ、徒歩で騎兵隊に従うよう命じられた。

憲兵のことを、アルスネルは考えた筈だ。野営では正面の奴ら以上ではないにしても同じくらい嫌われていた。彼らの任務は最初単純――兵が逃げないようにすること、然るべく殺されに行くよう見張ること――で、戦闘のあいだ後方で堰を作って、混乱の動きの芽を摘み、自発的な後退を止めた。やがて彼らはすべての統御を掌握し、好きなところに介入し、道路沿線で人の動きを整理し、軍の占める全域に渡って、前線でも野営地でも警察の役目を果たした。
休暇兵の証明書を検査したり、諸隊に定められた境界線を越えようとする者――主に人妻や娼婦で、いろいろな理由で男のところに行こうとするが、他にはまた、あらゆる種類の商人で、もっと寛容に扱われたが、あらゆるものを法外な値で売って兵士の背に他の寄生虫のようにしつこくたかる——を誰であれ監視したりすることを任務とする憲兵は、遅刻者、酔っぱらい、スパイ、脱走者も捕らえたが、この最後のカテゴリーにアルスネルは知らずしてまた望みもせず加入することになった。こうして、野営地に戻ると、彼はその日の残りと夜を、ソンム＝スイップの施錠されたポンプ小屋で、水もパンも与えられずに過ごし、翌朝軍法会議に出頭した。

アルスネルは、村の学校に連れてというよりは、押していかれた。この俄仕立ての法廷が開かれたのは一番大きな教室だった。テーブル一つと三脚の椅子、そのまえに被告人のための床几一つ。椅子のうしろに皺になった国旗、テーブルのうえに軍事法典一冊と未記入の用紙。これらの椅子は法廷を構成する三人の男、隊指揮官と両脇の少尉と准尉とに占められていたが、彼らはアルスネルがはいるのを何も言わないで見る。口髭といい、体のそらし方といい、視線といい、同じように凝固したこれらの男たちは、前日木立のあいだで馬に乗っていた男たちと同一であるように見えた。時は深刻で、人員の不足は逼迫していたから、同じ三人の俳優をこの場面のために制服を替えるだけの時間を与えて雇ったということなのかもしれなかった。

いずれにせよ、ことはとても速く進んだ。事実を簡略に説明し、法典に形ばかり目を遣り、互いに視線を交わすと、士官たちは挙手で採決し、脱走罪でアルスネルに死刑判決を下した。執行は二十四時間以内、軍法会議は恩赦請願を斥ける権利を有した――アルスネルの頭にはその考えさえ浮かばないまま、ポンプ小屋に連れ戻された。

処刑は翌日スイップの大きな農家の近く、射撃用の盛り土があるところで勢揃いした隊の見守るなかで行われた。一線に並び気をつけをし武器を足許に置いた六人の兵士のまえに跪(ひざまず)かされた彼は、四、五メートル離れた彼らのなかに他所に目を遣ろうとしている知り合い二人と、後方に連隊付き司祭を認めた。彼らとのあいだで、横向きになって射手を指揮する曹長が剣を手で弄んでいる。司祭が自分の仕事をすませ、アルスネルに目隠しがされたあと、彼は知り合いが左足をまえに出しながら銃を肩に構えたのも、曹長が剣先を起こしたのも見なかった。只、曹長が短く四回命令を叫ぶのが聞こえた。四回めが撃て、だ。それから、止めの一撃のあと、儀式の終わりに、彼の体をまえにして行進が命令された。この結果が部隊を考えさせるように。

14

アンチームが帰ると、快復期のあいだ人はつききりで注意を払った。世話をし、包帯を替え、体を洗い、食物を与え、睡眠も調べた。人とは特にブランシュだったが、最初彼が前線にいた五百日のあいだに痩せたことを優しくたしなめた——失われた腕が相当する約三キロ半の減量を計算に入れることは思いつかなかったが。それから、彼が立ち直った様子を見せ、時々は僅かなあいだ笑顔——もっとも左端の口元だけで、右端はあたかも上肢に連結しているかのようだった――を取り戻し、自宅でひとりで生活できるようになると、ブランシュは両親とともに彼のことをどうしたものか考えた。

確かに軍は年金を給付していたが、彼が何もしないままでいるとは考えられない、仕事をさせたほうがよい。腕切断により会計士としての職務をまえのように手際よく遂行することはもうできないと考えたから、ウジェーヌ・ボルンは彼の気を紛らすためにひとつの考えを思いついた。ウジェーヌが地位を譲るのを待ちながら、シャルルが出来事のまえまで経営の一部を担当していたが、彼の突然の死によって継承の問題が宙吊りになってしまった。ウジェーヌは問題の解決を延ばしながら、一種の企業ヴァナンスを作った。自分が長を勤める経営会議のお陰で、独りですべてのイニシアチヴや、何にもまして、責任を取らなくてすんだ。この合議制の経営週次会議には、既にモンテイユ、ブランシュ、プロシャソン夫人の顔があったが、ウジェーヌは、その英雄的な兄を称え、社への貢献を大として、アンチームを参加させることに決め、出席は金一封で味付けされた。アンチームの生活に制約となることなく適当なリズムを与えたから、たいしたことをする訳ではなかったが、それはそれで仕事だ。出席し、自分の意見を言い——意見を聴くように要請されなかったのと同じように意見を有するようにも要請されなかったが——投票し、書類にサインした、必ずしも読んだうえではなかったが、この仕事は早くも左手でやってのけられるようになった。この点、人が彼の障害者としての状態を心配するほど彼自身は気にしていないようだった。というのも、彼のほうから無い腕の話をすることはなかった。

話さないとしたら、それは腕のことを余りにも速く頭から追い出したからだ——例外は毎朝目を覚まして腕を捜すようなときだが、一秒以上は続かない。左利きになることを余儀なくされた訳だが、彼はあれこれ思わないで適応した。残っている手で書くことを自らに課してうまくできるようになり——ついでにデッサンも、右手でしたことは嘗てなかったが、段々熱がはいるようになり——もう達成不能になった、バナナを剥いたり靴紐を結んだりというようなある種の営みは残念にも思わずに諦めた。

バナナのほうは、もともとこの、ついでに言えば最近市場に現われた果物が好きでなかったから、アンチームは問題なく、他の沢山の、皮を食べられる果物に替えた。靴紐のほうは、自分専用の靴のプロトタイプをデザインして工場で作ってもらうのに何の問題もなかった。当座は一足だけのモデルだった——のちに、平和が戻り、男たちがまた軽快に歩くようになると、このモデルは量産されて、ペルティナックスという商品名で商業上の成功を収めることになる。

アンチームが同じように諦めなければならなかったのは、考えたり、待ったり、もったいぶったり、心配しているように見せたりするとき、腕を組んだり両手を背中で合わせたりという定番の姿勢だった。彼は、しかし、相変わらず本能的にそういう姿勢を取ろうとし、最後の最後になってロジスティクスが追いてこないことを思い出した。しかし片腕男としての覚悟を決めてからも、降伏した訳ではなく、空の右袖を想像上の腕として使い、胸のまえで左腕に巻きつけてみたり、背中で手首のところをつかんで引張ったりした。覚悟を決めたとはいえ、目覚めに機械的に伸びをするとき、彼は気持ちとしては失った上肢を伸ばしていた――それはそのときの右肩の目立たない動きが証している。そして目が開いて、その日することが余りないと判ると、もう一寝入りすることも稀ではなかった。場合によってはマスターベーションしてから――左手を使うことは直ぐに解決された問題だった。

無為なときがよくあり、それをできるだけ埋めるべく、アンチームは片手で新聞をめくったり、占いをするまえにトランプを切ったりする練習をした。切り札を顎のしたに挟むことがやっとできるようになったが、共和サークルで彼のように戦線から戻って来た片端たちと黙って――皆一致して自分たちが見てきたことの話はしたがらない――マニーユゲームをするのに挑戦するようになるまでにはもう少し時間がかかった。アンチームはゲームで、点字のカードはなかったからガスにやられた者たちほどではなかったが、いざりや一本足よりも遅かった。そしていつも彼を手伝おうと言って、それを機に彼の手札を見るから、結局厭になって、サークルの集まりを止した。

来る週来る週の退屈、そして孤独。アンチームがある日、大聖堂のまえで、それがふと軽くなるかもしれないと感じたのは、歩行者や道路のうえに漂っていた視線が何となく、正面の歩道を触っていた杖に沿って登り、一丁の眼鏡に行き当ったときだった。こうした杖はまだ白色でなく、この色に塗られるのは戦争のあとになってからに過ぎないが、こうした眼鏡も全く黒くはなく、燻しもそんなに濃くなかったから、アンチームが眼鏡のうしろにパディオローの顔を認めることの妨げにならなかった。腕をとる彼の母に導かれて、ゼラニウムの匂いのするガスで失明し、アンチームと殆ど同じときに帰ったパディオローは、直ぐにその声が分かった。

けれども再会する喜びは長く続かなかった。直ぐにアンチームに分かったのは、視力を失って、パディオローも心のよすがとするものが無くなってしまったということだった。自分の職業を営めなくなり、肉を切り分ける技、学、芸に代わるものを嘗て想像したことがなかったから、職替えの可能性の欠如は彼を無化し、絶望させ、何を思い立つこともできず、ある者たちは障害を乗り越えるという考えに勇気づけられることもなかった。実際数多くの分野で、場合によっては最も洗練された分野で天才を現わす――しかし、盲目者にあっては、肉屋に行き会うのはピアニストに行き会うよりも少ないということも本当だ。

ふたりが再会して、何か一緒にしようとする必要があった。カードゲームはパディオローには対象外で、新聞の音読にアンチームは結局飽きてしまったから、またひどく退屈し始めた。この退屈をうっちゃるために、前線で味わった退屈の話をしたが、前線では恐怖が混じっていたから、それはおよそひどいものだった。気を紛らわせようと、どんな風にしてそこで、まさに気を紛らわせていたのかを、思い起こし、そこで考え出した暇潰しの話をした。覚えているだろ、覚えているだろ。

アルスネルは、こうして、塹壕の粘土にところどころ出ている白い石の層に浮彫りをするのが好きだったし、ボシスが興味を持ったのは、敵の砲弾の頭から回収したアルミニウム、奴らの弾薬盒の銅や真鍮、彼らの卵型や檸檬型手榴弾の鋳鉄を使って指輪や鎖につける飾りや卵立てを作ることだった。アンチームはアンチームで、置き去りにされたベルトを切り取って靴紐を作ることを始めた。そして、この同じベルトをブレスレットとして使うことを思いついた。結んで、さらに止め具をつければ、懐中時計を十二時と六時のところで接合して手首に固定することができるから、彼はこうして腕時計を発明したと思った。そして、帰ってからこの発明の特許申請をするという素晴らしい計画を夢見た——あとになって知ったことだが、この考えは十年も早くルイ・カルチエが友人のサントス＝デュモンのために思いついていた。この飛行士は操縦中に時計をポケットから取り出せないことを嘆いていたのだ。

そう、それは結局いい時だった。虱捕りはそれほど愉快でなかったにせよ、警報の合い間に虱を探し、皮膚や服、下着の襞から見つけ出すのはやはり楽しみのひとつだった、際限がないけれども一時的で徒労な気晴らし、というのは、この節足動物からは無数の卵が絶えず新しく生み出されていくからで、唯十分に熱いアイロンだけが潰すことができたのだろうが、塹壕にはそんな備品は用意されていなかった。最も可笑しい思い出といえば、例えば、一般的な武器以外の、もっと経験的な投石器を習得し、それを応用して、尿を空き缶に満たしたのを正面の連中に向けて鉄条網越しに放り込むことだった。他の分野で言えば、音楽隊のコンサートとか、大尉がアミアンまで買いに行かせたアコーデオンを毎晩弾かせて当番兵たちを連絡兵たちと踊らせたようなことがあった。あるいは、それが可能であった日の郵便配達――というのも、彼らは沢山書き、沢山受け取った。もの凄い量の葉書、だけではなく手紙も、そのなかにはアンチームにシャルルの死を知らせる短信もあった。今となっては遅すぎてシャルルは大戦開始二カ月後に出た広告に応募することができなかった。「『ル・ミロワール』誌は、戦争に関する写真で、特別興味深いものを好条件で買い取ります」

15

続きは誰もが知っている。戦争の四年め、春の攻勢は二カ月のあいだに大量の兵士たちを消費した。マス・アーミーという考え方は大部隊の恒常的な再構成を要求したから、徴兵率は高くなる一方で、召集は休みなく行われ、莫大な量の物資と衣料――沢山の靴を含む――の充填と軍需工場への、ボルン゠セーズ社も大いにあやかった大量注文を前提にした。

こうした注文の頻度と緊急性は、品質管理者の良心の欠如も手伝って、問題のある編上げ靴の製造に繋がった。いい加減な皮の質も段々気にしないようになり、促成なめしの、廉価だが厚みと耐久性の足りない、ひと言で言えば、ボール紙に近い羊皮を頻繁に使うようになった。丸断面よりも製造は簡単だが、強さに劣る四角断面の靴紐の生産を普通に行い、紐の先の仕上げもいい加減だった。同じように縫い糸もけちり、鳩目の金具は銅の代わりに、錆びやすい、できるだけ安価な鉄を使った。鋲、釘も同様。要するに材料のコストを極端に圧縮して、耐久性、耐水性の配慮を軽んじた。

軍の経理部は間もなく、これらの編上げ靴の新調が余りに度重なることを遺憾に思った。水がはいるやら、靴底が直ぐに開いてしまうやらで、前線の泥の中で二週間と持たない。中底の縫い糸は三日で切れてしまう。仕舞いに参謀本部が苦情を申し立てたので、調査が命じられた。軍納入業者の帳簿を監査し、ボルン＝セーズのそれを精査した結果直ぐに注文の金額と履き物の原価のあいだに深遠な開きがあることが判明した。これほどのマージンが抜かれていることの発覚は華々しいスキャンダルになって、ウジェーヌは知らなかったとしらを切り、モンテイユは大袈裟に、辞めると言いだし、結局プロシャソン夫人とその夫君を解雇することで収めた――彼らは心づけを貰って泥をかぶることを受け入れた。すべては新たな袖の下――またモンテイユの知人を経由した――で鎮まったが、ことがパリにまで伝わることは避けられなかったから、ボルン＝セーズはやはり商業裁判所に出廷しなければならなくなった。全く形式だけの訴訟だが、避けては通れない。会社を代表しパリに行くに当たって、ウジェーヌは自分の歳を、モンテイユは自分の患者を理由に逃げたから、ブランシュに白羽の矢が当たり、彼女はアンチームが付添うことを提案し、皆了承した。

そのアンチームは文民生活に戻ったあと、腕のないことに慣れた訳だが、それでも、漠然と、腕がまだあるかのように生活した。腕は本当にそこにあるようにあるのであって、実際彼が自分の胸にひと目走らせるときいつも腕を見るようで、欠如の現実に戻されるのは、視線の動きが緩まるときだった。最初、こうした現象は段々弱まった揚句消滅してしまうと考えたが、間もなく反対のことが起こりつつあることが分った。

数カ月のち、彼は本当に右腕が蘇るのを感じた。想像界の腕だが、左腕ほどにも現実的な存在感がある。この腕の存在、さらにその自足性は、様々な苦痛を伴うしぶとく残る感覚によって益々はっきりしてきた。火傷、痙攣、引きつりや痒み――アンチームは掻きそうになって最後のところで思いとどまるのだった――彼の古くからの手首の痛みは言うまでもない。現実感は迫力があり細部にわたっていた、それは小指を重くしている指輪に至るまで、苦しさは状況次第でひどくなることもあった。黴や天気の変わるとき、ことに湿気の多かったり寒かったりするとき、関節炎患者にとってと同じように。

この欠如している腕は時々もう一方の腕よりも存在を示し、主張し、隙を窺い、邪心鬼のようにからかうから、アンチームは随意的な運動をさせることができると思い、意味もないあるいは決定的な動作をするが誰にも見えない。こうして彼は、家具に肘をついたり、拳(こぶし)をつくったり、指を別々に動かしたりすることができると本当に思ったから、電話を取ったり別れ際の挨拶をしたりしようと試みた――人が往くときに手を振った、あるいは振っていると思ったが、離れていく人からは冷たい人だと思われる結果になった。

二つの相反する信念に均等に苛まれるように、アンチームは同時にこうした異常をはっきり意識していたが、それが外から分かるのではないかと、人は同情してそれを彼に教えようとしないのではないかと恐れた——敢えて彼のほうからパディオローに打ち明けることもしなかった、パディオローは身近な人たちのなかでまさに唯一人彼の混乱を観察できない人間だった。混乱は悪くなるばかりで彼の生活を難しいものにし、仕舞いには余りにもうるさくなったから、アンチームはいつまでも独りで対処し、他人に頼ることなく思い悩むことができなくなった。やっとブランシュに打ち明ける決心がついたが、彼女は気がついていたと認め、当然なことにモンテイユに看てもらうよう勧めた。

そういう訳で彼は医者のところに行くことになり、左手で右腕を、口を閉ざした証人やその場にいることを恥じている共謀者を指差すように、示しながら事情を説明した——そのあいだモンテイユは、打たれたように、話を聞きながら、診察室の窓を見ていた、窓枠のなかには相変わらず何もはいってこない。アンチームが自分の症状を説明すると、モンテイユは間をおいてから、短い一口舌をふるった。それはよくあることで、とのたまった、多くの話が証言している。幽霊手足の古くからの悪戯だ。体の失われた部分の意識と感覚が残るが数カ月で消えてしまうことがある。しかし、こうした手足が失われてから長く経って体組織のなかに戻ってくることもあり、それがアンチームの場合のようだ。

ドクターはそれから口舌を展開するときによくするように、統計（右上肢が八割の者にとって一番器用だ）、逸話（ネルソン提督は右腕をサンタ・クルス・デ・テネリフェで失い、アンチームと同じ苦痛を感じたが、そこに魂存在の証拠をみた）、つまらない冗談（左手の薬指に嵌める結婚指輪をとるには右手が必要だから、片腕浮気男は困る）、嫌な比較（陰茎切断の或る者は幽霊勃起・射精を訴えている）、臨床的な率直さ（こうした苦痛の原因は現象自体と同じように不可思議だ）、半ば安心できる

（ひとりでに治るもので、普通、時間とともに鎮まる）、半ば不安になる展望（けれども二十五年かかることだってある。実際あった）を援用した。

　それでパリには、とモンテイユは最後に言った、いつブランシュと行くんだね。そして次の週彼らはモンパルナス駅に着いた。アンチームは列車のなかで新聞各紙を隅から隅まで読んだ。前線から戻って、出来事にもはや関心を寄せたくなかった、少なくとも新聞にはちっとも興味を示さなかった――もっとも時々は陰で頁を捲（めく）った――が、このときはブランシュに日刊各紙を借りて彼らのコンパートで現下の時事、第一に戦争に沈潜した。当時戦争の四年めで、特別死者の多かったシュマン・デ・ダーム事件のあと、ロシア情勢が人々の憶測を呼び、最初の反乱が起こった時期を通過していた。アンチームはこうしたことすべてを注意深く読んだ。

　ブランシュは二部屋をパリの反対側に、親戚縁者のやっているホテルに予約していたから、モンパルナスでタクシーに乗った。車が東駅（エスト）の前に来たとき、行き交う休暇兵のグループが見えた。戦ってきた者たちと戦いに戻る者たちだ。これらの男たちは興奮しているようだった、多分酔っ払っているのかもしれないが激していて、怒っている様子で、歌を歌っているがよく聞こえない。アンチームは運転手にちょっと自動車を停めるように頼み、降りて大ホールに近づくと立ち止まって、一時これらのグループを観察した。ある者たちが調子を外して歌っていた扇動的な繰り返し節のなかにアンチームはインターナショナルを認めた。それは少なからぬ国歌や好戦的、愛国的あるいは党派的な歌のように四度の上昇音程で軍隊行進曲のように始まる。顔は無表情で、体は不動なまま、彼は連帯感から右拳を上げたが、誰も彼のこの動作を見なかった。

ホテルに着くと、親戚は向かい合った彼らの部屋を示した。荷物を運び入れ、髪を整え手を洗ってから、夕食に行くまでのあいだ一回りしに出掛けた。後刻、それぞれ部屋にはいり、それぞれ自分の部屋で寝るように思われたが、真夜中アンチームは目を覚ました。起きて、廊下を横切り、前の部屋の戸を押し、真っ暗ななかをブランシュのベッドのほうに進んだ。彼女も眠っていない。彼女のそばに横たわり、彼女を腕に抱いた。それから彼女のなかにはいり、授精した。そして次の秋、最後の戦いとなるモンスの戦いのあいだに男児が生まれ、シャルルと名付けられた。

小説と映画——ジャン・エシュノーズにきく

聞き手——内藤伸夫

ベルギーのフランス語作家でそのほとんどの作品が邦訳されているジャン＝フィリップ・トゥーサンは、二〇一二年にルーヴル美術館で自ら企画した『本（リーヴル）／ルーヴル』という展示会に、『即興でドラクロワの自画像のまえでいっしょにポーズをとってもらった、その日偶々ルーヴルを通りかかった友人作家たち』と題するパネル写真（一五〇×二二五センチ）を出展した。題の示唆するところとは反対に、この写真には「本歌」がある。ファンタン＝ラトゥールによる『ドラクロワへのオマージュ』という一八六四年の油絵（一六〇×二五〇センチ）で、ドラクロワの自画像を囲むように画家のマネ、ホイッスラー、詩人のボードレールを含む十人の芸術家や批評家が描かれている。写真のほうは七人だか、この七人は絵画のなかの人物に対応するように位置をとり、腕の組み方、体の向け方も全く同じではないが、相似が認められる。七人は後列左より文芸批評家ピエール・バイヤール、作家オリヴィエ・ロラン、ルーヴル美術館学芸員パスカル・トレス、作家エマニュエル・カレール、カメラのリモートコントロールを手にしたジャン＝フィリップ・トゥーサン、前列は左より本書の著者ジャン・エシュノーズと作家フィリップ・ジャン。エシュノーズの位置に絵画ではファンタン＝ラトゥール自身が描かれ、この二人はともに白いシャツ姿だ。残りの人たちは、エシュノーズの背後に立っている水色のシャツを着たトレスを除けば、皆暗色の服装だ。絵画では襟、袖口、胸ポケットのハンカチ（ボードレール）の白色がアクセントを添える。『友人作家たち』は、最年少のトレスを除いて、ミシェル・ウエルベックあるいはパスカル・キニャールを加えれば、今日のフランス文学を代表する、撮影時点で五十五歳から六十五歳までの男性作家たちだ。モディアノ、ミション、ル・クレジオはもう少し年上だ。前者の作家たちに共通する傾向として、映像に対する関心、さらにその分野での活動が見られる（トゥーサンは展示会に映画作品も出展している）。それは後者の作家たちに比べて――モディアノには映画シナリオの仕事もあるが――顕著だ。エシュノーズも例外ではない。『1914』（原題は *14*、二〇一二年）の刊行を機に、そのあたりの事情を訊いてみた。

――エシュノーズさんの処女作、一九七九年にミニュイ社から（後続の作品も同様）刊行された『グリニッジ子午線』（未訳）は一本の短編の映写から始まり、エンディングクレジットが流れるような場面で終わります。以降、一九八三年刊行『チェロキー』（白水社、谷昌親訳）から、殊に一九九五年『金髪の背高女たち』（未訳）を経て、二〇一〇年『稲妻』（近代文藝社、内藤伸夫訳）に至るまで、映画俳優・映画作品の引用は数多く、映画の技術用語も散見されます。エシュノーズさんの映画への関心の由来を教えてください。

ジャン・エシュノーズ　七〇年代のころ、まあ暇な生活をしていたと思うのですが、読書や映画に時間があって、かなりの時間を映画をみることに充てていました。子供のときから映画はみられるだけみていましたが、そのころは南フランスの小さな町々に住んでいたので、懸かる作品は限られていました。パリに、ちょうど一九七〇年に出てきて、みたいものを何でもみられるようになりました。映画への関心にもかかわらず、映画を作りたいと思ったことはなく、目的はただひとつ小説でした。それでも、小説の作り方については多くのことを映画をみることから学んだという気がします。小説の場に映画の文法や修辞法のいくつかの要素を取り入れてみたいと思いました。編集、フレーミング、カメラの動き、距離といったことです。それはそうとして、わたしの小説における映画の引用は、指標、目印、視覚的喚起、加速効果の役割を果たしています。もっとも引用は純粋に音響的でもありえます。

——七〇年代といえば、ヌーヴェルヴァーグの映画作家が円熟期をむかえていましたが、ご覧になったのではないですか。

エシュノーズ　もちろんヌーヴェルヴァーグの映画作家の作品も見ました。幾人かは本当に扉をひらき、新風を吹き込み、新たな考えをもたらしました。けれども大部分（名前をあげればジャン・ユスターシュとジャック・ロジエを除いて）は結局、仕方はまちまちですが、いくぶん自らを戯画化することになったような気がします。アメリカ映画がわたしにとってより重要な典拠であるのは確かですが、わたしは先ずフィルムノワールのことを考えます。それはたぶんわたしが初めアクション小説を書きたかったことと結びついているでしょう。わたしは暗黒小説や冒険小説から出発したので、最初はこの方面で仕事をしたかったのです。仕事の途中で別の道を辿ることもありましたが。暗黒小説の分野で典拠は何はおいてもアメリカ（ダシール・ハメットからデイヴィド・グーディスあるいはジム・トンプスンまで、レイモンド・チャンドラーからドナルド・ウェストレイクまで等）ですが、フィルムノワールについても同様です。わたしは例えばアラン・レネよりもラオール・ウォルシュから多くを学んだし、フランソワ・トリュフォーよりアルフレッド・ヒッチコックから学んだことのほうがずっと多かった。そしてアメリカ映画は本当の神話を作ったし、いまもある程度は作りつづけています。それは一種の普遍的コードでフランスにはそれに匹敵するものは見当たりません。

――今度の小説『1914』には映画に関する引用は、12章に出てくる「固定ショット」という撮影技術用語以外にありません。しかし、それは他の「ショット」も使われていることを示唆します。

エシュノーズ　言ってみれば、わたしは一つの場面をフレーミング、ショット、シークエンス、それから編集というかたちで考えてみたうえでないと書けないのです。わたしは内面的に構成したイメージが必要で、それを文や文の集まりのかたちに置き換えようと試みます。このイメージというものを直感的に構成したり表現したりしようとするときに、世界についてのひとつのヴィジョンを構成したり切り取ったりすることを可能にする映画の文法なり修辞法を使うわけです。わたしは古典的なフレーミング――クロース・アップ・ショット、エクストリーム・クロース・アップ・ショット、ズーム効果、エスタブリッシング・ショット、ミディアムあるいは「アメリカン」ショット――を使いたいときもありますが、いろいろなカメラワークに匹敵するものを求めることもあります――トラヴェリング、パノラマ、切返し、シークエンス・ショットなど。フェイド・イン、フェイド・アウト、オーヴァーラップ。ひとつの場面を複数の軸から処理すること、すなわちその場面をとらえるのに複数のカメラを使うから、編集作業の余地がでてきます。この複数の「カメラ」の使用は、複数の代名詞や、複数の時制――つまり語りの異なる速度を使うことに求めることができます。けれども、映画監督のように仕事をすると感じることも少しはありますが、こうした影響だけではないと思います――それはわたしの仕事をイメージ化するのに役立つとしても。というのは、映画が発明されるずっとまえから、列車がラ・シオタの駅にはいる〔リュミエール兄弟により製作された映画『ラ・シオタ駅への列車の到着』を指す〕まえから、こうした意匠は古典文学において明らかです。目に見えるようにしたり、語りにリズムをあたえたり、歯切れをよくしたりすることを慮って、ディドロやフローベールやディケンズといった作家たちはこうしたことを全て先取りしていました。全てはすでにあるのです。

――しかし、エシュノーズさんがイメージを作るとき、視線や、視覚に関する活動を示す言葉や、視野を特定する言葉が効果的に使われ、読者は自然とフレームやショットを設定するように促されるように思います。『1914』から例を二三挙げれば「視線をアンチームが小指にはめている指輪に移した」（一二頁）、「漂っていた視線が何となく、正面の歩道を触っていた杖に沿って登り」（一〇八頁）、ある草原に関して「デリケートな絵」（九七頁）。

エシュノーズさんの作品のうち『チェロキー』と『一年』（一九九七年、未訳）の二作が映画化されています。『われら三人』（一九九二年、集英社、青木真紀子訳）では登場人物のひとりに次のような思いを抱かせています。「事の運びが映画みたいに目に浮かぶぜ、とメイエールは思う。『地獄でも天国でも』、超大作、撮影二十五週間、無数のロケ地、エキストラの群衆、特殊効果もふんだんに、ドルビーステレオ録音」（この引用は青木氏の訳を基に一部変更した。映画のタイトルはボードレールの詩集『悪の華』所載の「旅」からとられている）。『1914』にもスペクタクルに富んだ場面がありますが、もし映画化されるとしたら、どんなキャスティングを想像されますか？

エシュノーズ　『1914』についてもわたしの他の小説についても、実在の俳優からなるキャスティングを想像することはわたしにはできません。時には文章の流れのなかで登場人物を肉体的に押さえるために実在の俳優を借りることはありますが、逆の動きはわたしには不可能——ともかく、考えてみることは困難です。小説の映画化は——ついでにいえば、よい結果を生むことはとても稀なことですが——書物を作りかえることです。そもそもどんな読書も作りかえです。読者はほとんど作者と同じように本を作り、読者自身がある程度まで作者になるのです。わたしは登場人物の誰彼を誰それの俳優に割りふって演じさせることに一番適していない人間だと思います。映画化は性質がかわることです。本の対象は別の次元に、別の世界に移ります。その世界にわたしはアクセスをもっていません——もつこともできないし、もとうとも思いません。

*

訳者は具体的な俳優の名前が挙げられることを期待して質問したのだが、エシュノーズの返事は思った方向に発展しなかった。しかし、考えてみるに、彼の小説を評して「映画的」という言葉をしばしば見かけるが、小説と映画は確かに異なるジャンルであって、それは単なる比喩以上の意味をもたないのかもしれない。実はエシュノーズは自作の映画化に当たって脚本作りに参加しているが、別のインタヴューで「脚本家の仕事は小説家の仕事と何の共通点も持たない」と言っている。

メールを媒体として行われたこのインタヴューのあと、エシュノーズに関する古い記事を読み返していたら、次のような彼の発言が目に留まった。インタヴューの最後で彼の言っていること――そのなかの「読書＝作りかえ論」は、先の『友人作家たち』のなかのピエール・バイヤールが理論化している――に、二十年以上の隔たりを置いて、別の観点からだが、きれいに照応する言葉なので終わりに引用しておきたい。

「それから〔と、エシュノーズは写真に撮られることについて話したあと続ける〕、視聴覚は堅固な、コード化された、重い世界です。イメージは自由でありません。小説のほうは、制御不能で、まだいくらか自由な空間、いくらか余白を残しています。それがわたしの居場所で、今後もそうあるでしょう」（『リール』（*Lire*）誌一九九二年九月号）

訳者

二〇一五年九月

著者／訳者について――

ジャン・エシュノーズ（Jean Echenoz）　一九四七年、南仏のオランジュに生まれる。ソルボンヌ大学臨床心理学第三課程修了。小説家。一九七九年に『グリニッジ子午線』でフェネオン賞、一九八三年に『チェロキー』（白水社、一九八三年）でメディシス賞、一九九九年に『ぼくは行くよ』（集英社、一九九九年）でゴンクール賞を受賞。そのほかの著書に、『ラヴェル』（みすず書房、二〇〇六年）、『稲妻』（近代文藝社、二〇一三年）などがある。

＊

内藤伸夫（ないとうのぶお）　一九五四年、和歌山市に生まれる。東京大学文学部仏文科卒。書店経営。主な訳書に、ベルナール・オリヴィエ『ロング・マルシュ』（共訳、藤原書店、二〇一三年）、ジャン・エシュノーズ『稲妻』（近代文藝社、二〇一三年）などがある。

本書は、アンスティチュ・フランセ・パリ本部の出版助成プログラム、
並びに在日フランス大使館の支援を受けています。
Cet ouvrage a bénéficié du soutien des Programmes d'aide à la publication
de l'Institut français et de l'Ambassade de France au Japon.

INSTITUT
FRANÇAIS

1914

二〇一五年一〇月三〇日第一版第一刷印刷　二〇一五年一一月一〇日第一版第一刷発行

著者――ジャン・エシュノーズ

訳者――内藤伸夫

装幀者――宗利淳一

発行者――鈴木宏

発行所――株式会社水声社

東京都文京区小石川二―一〇―一　いろは館

郵便番号一一二―〇〇〇二

郵便振替〇〇一八〇―四―六五四一〇〇

電話〇三―三八一八―六〇四〇

FAX〇三―三八一八―二四三七

URL : http://www.suiseisha.net

印刷・製本――モリモト印刷

ISBN978-4-8010-0127-5

乱丁・落丁本はお取り替えいたします。

［価格税別］

ステュディオ　フィリップ・ソレルス　二五〇〇円
煙滅　ジョルジュ・ペレック　三二〇〇円
美術愛好家の陳列室　ジョルジュ・ペレック　一五〇〇円
人生使用法　ジョルジュ・ペレック　五〇〇〇円
家出の道筋　ジョルジュ・ペレック　二五〇〇円
Wあるいは子供の頃の思い出　ジョルジュ・ペレック　二八〇〇円
ぼくは思い出す　ジョルジュ・ペレック　二八〇〇円
秘められた生　パスカル・キニャール　四八〇〇円
骨の山　アントワーヌ・ヴォロディーヌ　二二〇〇円
長崎　エリック・ファーユ　一八〇〇円
わたしは灯台守　エリック・ファーユ　二五〇〇円
家族手帳　パトリック・モディアノ　二五〇〇円
地平線　パトリック・モディアノ　一八〇〇円
あながこの辺りで迷わないように　パトリック・モディアノ　二〇〇〇円
赤外線　ナンシー・ヒューストン　二八〇〇円
草原讃歌　ナンシー・ヒューストン　二八〇〇円
モンテスキューの孤独　シャードルト・ジャヴァン　二八〇〇円
バルバラ　アブドゥラマン・アリ・ワベリ　二〇〇〇円
涙の通り路　アブドゥラマン・アリ・ワベリ　二五〇〇円
モレルの発明　アドルフォ・ビオイ＝カサーレス　一五〇〇円
連邦区マドリード　J・J・アルマス・マルセロ　三五〇〇円
古書収集家　グスタボ・ファベロン＝パトリアウ　二八〇〇円
これは小説ではない　デイヴィッド・マークソン　二八〇〇円
ライオンの皮をまとって　マイケル・オンダーチェ　二八〇〇円
神の息に吹かれる羽根　シークリット・ヌーネス　二二〇〇円
ミッツ　シークリット・ヌーネス　一八〇〇円
メルラーナ街の混沌たる殺人事件　カルロ・エミーリオ・ガッダ　三五〇〇円
暮れなずむ女　ドリス・レッシング　二五〇〇円
生存者の回想　ドリス・レッシング　二二〇〇円
シカスタ　ドリス・レッシング　三八〇〇円